Copyright© 2022 by Literare Books International
Todos os direitos desta edição são reservados à Literare Books International.

Presidente:
Mauricio Sita

Vice-presidente:
Alessandra Ksenhuck

Diretora executiva:
Julyana Rosa

Diretora de projetos:
Gleide Santos

Capa, diagramação e projeto gráfico:
Gabriel Uchima

Revisão:
Rodrigo Rainho

Relacionamento com o cliente:
Claudia Pires

Impressão:
Gráfica Paym

Dados Internacionais de Catalogação na Publicação (CIP)
(eDOC BRASIL, Belo Horizonte/MG)

O34b Ogata, Maria Gravina.
   As bambinas e os samurais brasileiros: uma saga migratória / Maria Gravina Ogata. – São Paulo, SP: Literare Books International, 2022.
   14 x 21 cm

   ISBN 978-65-5922-488-3

   1. Italianos – Brasil. 2. Japoneses – Brasil. 3. Família. I. Título.
   CDD 981

Elaborado por Maurício Amormino Júnior – CRB6/2422

Literare Books International.
Rua Antônio Augusto Covello, 472 – Vila Mariana – São Paulo, SP.
CEP 01550-060
Fone: +55 (0**11) 2659-0968
site: www.literarebooks.com.br
e-mail: literare@literarebooks.com.br

DEDICATÓRIA

Dedico este livro aos imigrantes italianos e japoneses da minha família; aos meus pais Vito Giuseppe Gravina e Filomena Giannuzzi Gravina e ao meu tio Pasquale Giannuzzi; aos meus sogros Massatugo Ogata e Yuhiko Ogata (todos *in memoriam*); ao meu marido Takayoshi Ogata e aos meus filhos Mayumi, Marina, Leonardo e Nara; às minhas irmãs Ângela e Michelina; aos meus netos Leonardo, Tiago, Ayumi, Bernardo e Maria, minhas fontes de inspiração; aos meus parentes; à bela cidade italiana de Polignano a Mare/Puglia, onde nasci; ao Brasil, que me acolheu; à Itália e ao Japão, países de origem da minha família; e a todos os imigrantes, pela capacidade que têm de mudar o mundo!

APRESENTAÇÃO

Este ensaio resultou da vontade de decifrar algumas questões que começaram a aparecer em minha mente, no momento em que me interessei por assuntos relacionados à origem e à evolução da minha família nas terras do Novo Mundo. Constatei que demorou muito tempo para se efetivar a integração dos imigrantes italianos e japoneses da minha família com os brasileiros.

Considerei essa demora um tanto estranha, visto que o Brasil é um país onde a mistura de etnias vem se dando de forma relativamente tranquila, a ponto de ser citado como um caso bem-sucedido de *melting pot*[1].

Para esclarecer essas e outras questões, começo este ensaio a partir de um fato que chamou minha atenção, no Aeroporto de Guarulhos, em São Paulo, no ano de 2002. Nessa oportunidade, presenciei a despedida de brasileiros, descendentes de japoneses, que se dirigiam ao Japão para trabalhar como *decasséguis*[2]. Na emoção dessas despedidas, lembrei-me dos idos de 1953, quando deixei a cidade de Polignano a Mare, Itália, na condição de imigrante, rumo

---
1 *Melting pot* se refere à mistura de povos, com a consequente fusão de costumes (crisol).
2 *Decasséguis* são japoneses, ou seus descendentes, que trabalham longe de casa, deixando suas terras, temporariamente, por outra região ou por um outro país.

ao Brasil, com meus pais e minha irmã Ângela. Senti que tinha passado por uma situação semelhante àquela que os *decasséguis* estavam vivenciando.

Depois desse registro, passo a contar como eu e minha família passamos os primeiros anos no Brasil, os momentos difíceis vivenciados durante a Ditadura Militar, meu casamento com Takayoshi, até o ponto em que relato como meus filhos, sobrinhos e netos vêm contribuindo para a formação do crisol de etnias e costumes que compõe a sociedade brasileira.

Depois disso, faço uma regressão no tempo para relatar quando, e em que circunstâncias, os imigrantes italianos e japoneses da família aportaram no Brasil. Menciono as políticas migratórias brasileiras que deram amparo legal à minha chegada e à de todos eles, em distintas ondas migratórias. Assim, os fatos apresentados neste ensaio não são relatados em uma sequência temporal linear. Por essa razão, exige atenção especial do leitor.

Uma das minhas constatações ao escrever este ensaio refere-se ao fato de o Brasil não ser mais um país de imigração, como sempre imaginei. Ele vem se tornando, simultaneamente, de imigração e emigração. A partir do final dos anos 1980 vem sendo notada a movimentação de brasileiros que saem do país para tentar a vida em outros cantos do mundo. Além disso, a preocupação com a situação política e econômica recente, relatada em um capítulo especial desta obra, tem feito muitos brasileiros se aventurarem rumo ao desconhecido, do mesmo modo como fizeram meus antepassados.

Trata-se de um ensaio histórico-social que conta a minha história paralelamente com a história do Brasil e com os três grandes movimentos mundiais de massa, nos quais a minha família vem participando ativamente. É a pequena história dentro da grande história.

Este ensaio mostra, ainda, como foi a vida da geração dos imigrantes da minha família, dos seus filhos e netos, para mostrar que aqueles que migraram plantaram as condições para que seus descendentes pudessem ter uma vida melhor.

A primeira publicação deste livro deu-se em 2018, pela Scortecci Editora, com o título *Os samurais alagoanos e a bambina paulista: migrar é preciso...* Seu conteúdo foi revisado em 2019, tendo sido editado na Itália, pela Edizioni Il Viandante, com o título *La bambina e i samurai brasiliani: una saga migratoria*, recebendo muitos prêmios literários nesse país. A atual publicação, pela Literare Books International, conta com a revisão e a atualização dos fatos históricos para o ano de 2022, pois muitas coisas aconteceram na família e no mundo, desde que este ensaio histórico-social foi editado pela primeira vez.

SUMÁRIO

Capítulo 1:
A decisão de migrar..**13**

1.1 A grande decisão 15

1.2 Os primeiros anos no Brasil..20

Capítulo 2:
As dificuldades e as alegrias no início
da minha vida no Brasil **29**

2.1 Os anos difíceis 31

2.2 Os amigos de infância e adolescência 38

2.3 O curso de Geografia na Universidade de São Paulo:
o período mais cruel da Ditadura Militar.........................41

Capítulo 3:
A mistura de povos em terras brasileiras **53**

3.1 A mistura de italianos com japoneses:
meu namoro com Takayoshi...55

3.2 O meu casamento 60

3.3 O início da vida de casados e
o nascimento dos filhos na Bahia..................64

3.4 As dificuldades econômicas das
famílias brasileiras na Era Collor....................73

Capítulo 4:
A geração dos meus filhos e sobrinhos 85

4.1 Mayumi, Valmir e os samurais Leonardo e Tiago.......87

4.2 Marina, Vinícius, a bambina Ayumi
e o samurai Bernardo 95

4.3 Leonardo e Sara 103

4.4 Nara, João Paulo e a bambina Maria 108

4.5 Meus sobrinhos..118

Capítulo 5:
A chegada dos familiares ao Brasil 123

5.1 As famílias Gravina e Giannuzzi..................125

5.2 A família Ogata..131

5.3 A família Tsukumi.....................................137

5.4 A família Sakamoto e os samurais.................146

5.5 Os imigrantes japoneses e
a expansão da fronteira agrícola........................149

5.6 As áreas de atuação dos meus familiares
em território nacional.......................................154

Capítulo 6:
**Os grandes fluxos mundiais de pessoas
e a situação do Brasil no século XXI** **163**

6.1 A migração da minha família e a sua
participação nas ondas migratórias mundiais 165

6.2 Os modelos de Estado brasileiro no século XXI 185

6.3 A evolução socioeconômica do país
durante as duas últimas décadas (2003-2022) 190

Capítulo 7:
Migrar é preciso **205**

7.1 A dificuldade de romper as fronteiras
dos Estados nacionais 207

7.2 Algumas breves constatações....................................212

7.3 A saga continua 231

Anexos **235**

Depoimentos **253**

Capítulo 1:
A decisão de migrar

1.1 A GRANDE DECISÃO

Em 2002, cheguei ao Aeroporto de Guarulhos para viajar rumo a Tegucigalpa, Honduras, com o objetivo de iniciar os estudos de ordenamento territorial desse país, que tinha sido devastado, no final de 1998, pelo Furacão Mitch. Inundações e movimentos de terra decorrentes de muita chuva causaram danos à agricultura, à infraestrutura viária, à economia e às vidas de muitas pessoas, deixando muitos mortos e gente sem moradia. Devido a esse evento catastrófico, foram iniciados os estudos para enfrentar a questão do desmatamento e de outros aspectos de ordem territorial que pudessem minimizar o seu grau de vulnerabilidade frente a eventos climáticos extremos.

Quando estava embarcando para o referido país, me deparei com um cenário de grande tristeza no Aeroporto de Guarulhos, em São Paulo: muitas pessoas se despediam de seus familiares, aos prantos, pois estavam indo para o Japão trabalhar como *decasséguis*. Os pais estavam deixando os filhos; a esposa estava deixando o marido e os filhos; o marido partia sem o restante da família; os filhos diziam adeus aos seus pais e demais familiares. Eram crianças e idosos que estavam se despedindo daqueles que iam em busca de um mundo melhor ou de, pelo menos, conseguir pagar as contas da família no Brasil.

Quem deixava o país não tinha ideia de quanto tempo duraria essa separação familiar. Tudo isso "tirava o chão" de quem ia, de quem ficava e até mesmo de quem não tinha nada a ver com aquela situação, o que era meu caso!

A tristeza que brotou em mim, naquele momento, decorreu das lembranças que vivi em Polignano a Mare, Itália, minha terra natal, nos idos de abril de 1953[1], quando passei por situação semelhante ao deixar os parentes, na condição de imigrante, rumo ao Brasil, juntamente de meus pais e minha irmã Ângela.

Minha mãe me contou que, quando estávamos nos despedindo de todos, minha avó paterna, Maria Pellegrini, disse, em tom profético: "Deixa a Maria aqui comigo, pois só assim terei a certeza de que vocês voltarão para a Itália". Meu pai respondeu: "*Mamma*, pode ficar tranquila, pois voltaremos a Polignano em cinco anos!". Essa era a ideia de quem partia para "fazer a América"[2]. Minha avó, cuja lucidez decorria de seus longos anos de experiência de vida, respondeu: "Não. Vocês não conseguirão voltar, e é por isso mesmo que quero a minha neta Maria comigo, pois ela será a garantia do retorno de vocês"[3].

Imaginei a cena em que a minha avó me puxava de um lado e meus pais, de outro, todos aos prantos, para o desespero da minha avó, que estava certa de que perderia, para sempre, o convívio com seu filho mais velho, sua nora Filomena, e com suas duas únicas netas.

---

1 Ver fotos da cidade de Polignano a Mare, na região da Puglia, sul da Itália, e o mapa que localiza essa cidade italiana, na Figura 1 dos Anexos deste livro.
2 "Fazer a América" significava fazer fortuna, ficar rico.
3 A Figura 2, nos Anexos, mostra minha avó paterna Maria Pellegrini com todos os seus filhos, minha mãe, minha irmã e eu, em período próximo ao nosso embarque para o Brasil.

Diante daquela cena, e do alto dos meus dois anos de idade, fiz uma promessa para a minha *nonna* Ângela, a avó materna, no momento da despedida: "*Nonna*, não chora. Quando eu crescer, vou mandar um belo presente para você. Vou mandar um pacote com um par de sapatos"[4]. Meus tios me contaram que foi assim que me despedi dela.

Diante das cenas tristes que estava presenciando no Aeroporto de Guarulhos, em 2002, inferi o porquê de meu trauma de despedidas. Qualquer tipo de adeus me faz brotar lágrimas nos olhos.

Meus pais saíram da Itália sem olhar para trás, certos de que estavam fazendo o melhor que podiam para resolver os problemas financeiros da família. Muitos italianos saíram do país, antes de nós, nas mesmas condições, e todos sabiam que eles "tinham se dado bem". Entre esses italianos que já se encontravam em terras brasileiras estava meu tio Pasquale Giannuzzi, irmão de minha mãe, solteiro, que tudo fez para receber minha família no novo país. Na verdade, um italiano chamava o outro, e, assim, formava-se uma verdadeira diáspora italiana em solo brasileiro. Nesse processo migratório, São Paulo se tornou a maior cidade italiana fora da Itália. Diante disso, o que posso dizer? "Estamos em casa!"

A Certidão de Desembarque, conseguida junto ao Museu da Imigração/Memorial do Imigrante, registrou esse momento delicado vivido pela minha família, que menciona o trajeto

---

[4] A Figura 3, nos Anexos, mostra meus avós maternos na época em que os deixei quando migrei para o Brasil.

de Gênova ao Porto de Santos, no navio Andrea C, com a chegada a esse porto em 18 de abril de 1953. Esse documento menciona os nomes e idades de todos os que viajaram: Vito Giuseppe Gravina, 30 anos, casado, mecânico, que teve como última residência a província de Bari, Itália. Veio ao Brasil com sua esposa Filomena Giannuzzi Gravina, 25 anos, e suas filhas, Maria Gravina, 2 anos, e Ângela Gravina, 1 ano. Essa certidão indica que o destino de toda a família era o bairro de Pinheiros, em São Paulo. Além dessas informações, menciona a data de expedição do passaporte, em 6 de novembro de 1952, e a base legal que dava amparo ao nosso visto permanente em território brasileiro.

Voltando à cena de despedidas no Aeroporto de Guarulhos, o que me causava perplexidade não era tão somente a situação de incerteza diante da vida daqueles que estavam com seus passaportes nas mãos, mas, também, a tristeza de quem ficava. Mais perplexa ainda eu estava ao constatar que o Brasil, essa "pátria mãe gentil", que acolheu os imigrantes de todos os cantos do mundo, estava dando uma clara demonstração, no início do século XXI, de que não estava se comportando como o "país do futuro".

Eu me perguntava, naquele momento: o que aconteceu com este país rico, que vem lançando toda essa gente na incerteza? Os brasileiros estavam deixando sua terra por falta de oportunidades, da mesma forma que fizeram seus antepassados, ao deixar o Japão em busca de um mundo melhor.

Chorei muito durante toda a viagem que fiz a Honduras e tentava vislumbrar o que estava dando errado com essa terra que, em meio século, tinha dado uma guinada tão forte: de terra de imigração, passou a ser, também, terra de emigração.

Naquele momento, constatei que a situação dos países pode se alterar substantivamente, em poucas décadas. Na verdade, as dificuldades existentes na economia brasileira, naquela oportunidade, não deixavam de refletir as crises políticas e econômicas internacionais. O ano anterior tinha sido muito turbulento: em 11 de setembro de 2001, houve o atentado às torres gêmeas, em Nova York; não pode ser esquecida, também, a crise econômica da Argentina. A tudo isso se pode adicionar os problemas estruturais e conjunturais internos, com taxas de crescimento econômico muito baixas, decorrentes dos resultados dos períodos anteriores, quando a economia brasileira tinha sido submetida a um intenso processo de ajuste estrutural.

Seja como for, o baixo desempenho da economia brasileira "empurrou" muita gente para fora do país em busca de melhores condições de vida. No entanto, eu pensava: que ironia, os filhos e netos das famílias japonesas dirigirem-se à terra de seus antepassados, sendo que muitos nem sabiam falar a língua japonesa, ainda que tivessem "cara de japonês". No entanto, não se pode deixar de considerar que tudo isso significa a oportunidade de um resgate histórico. Parece que as pontas de um mesmo fio precisavam se encontrar para fechar um longo ciclo.

1.2 OS PRIMEIROS ANOS NO BRASIL

Meu pai serviu à guerra durante o segundo grande conflito mundial. Ele vestiu o uniforme da Marinha Italiana, na cidade de Brindisi, e prestou serviço em Alberobello e Taranto, na Puglia, entre 15 de junho de 1943 e 26 de julho de 1946, como auxiliar de enfermeiro.

Depois que a guerra acabou, meu pai se casou com minha mãe, em 1950. Ele era do agrado de toda a família: era conhecido de todos e era o melhor amigo do irmão mais velho da minha mãe (o tio Peppino).

De acordo com as regras estabelecidas pela minha *nonna* paterna Maria Pellegrini, cada vez que um filho se casava, poderia utilizar dois imóveis que ela tinha: uma casa para morar e um terreno para cultivar. Assim, meu pai foi o primeiro dos cinco filhos a contar com essa facilidade para iniciar, de modo tranquilo, sua nova fase de vida. Vale salientar, contudo, que ele não poderia ultrapassar o período de dois anos, pois a mesma facilidade teria que ser garantida aos outros filhos, que, sem dúvida, também se casariam. Assim, meu pai e minha mãe, durante esse período, se dedicaram àquilo que sabiam fazer: plantar.

Ocorre que, durante esses dois anos, as plantações de batata que meus pais haviam incrementado nas terras da minha avó foram salpicadas pelas águas salgadas do Mar Adriático, que bateram violentamente contra o paredão de rocha calcária. Para o azar do jovem casal, isso se deu, consecutivamente, nos dois anos em que tiveram a oportunidade de usar as terras da família. Todo o trabalho foi destruído! Parecia que o mar fez tudo aquilo de propósito!

Já que meus pais não conseguiram garantir a tranquilidade econômica desse início de vida familiar, decidiram deixar a Itália e embarcar para o Brasil, com a intenção de voltar à bela cidade de Polignano a Mare, mais tarde, com dinheiro no bolso.

No fundo, para eles, mesmo com a saudade que sentiriam de tudo e de todos, o que mais importava era o fato de a célula familiar estar íntegra, e isso era suficiente para encarar as dificuldades: pais e filhas viajando juntos em busca de melhores condições de vida, em um período traumático de pós-guerra.

Daquele momento em diante, as páginas de nossas vidas estavam em branco e precisavam ser escritas pelo esforço e pela visão de quem queria conduzir e interferir em seu próprio destino. Logo, essas páginas começavam a registrar alguns fatos históricos importantes do novo país. Na madrugada de 24 de agosto de 1954, no ano seguinte ao da chegada de minha família, o presidente Getúlio Vargas se suicidou. O país que meus pais escolheram para viver se encontrava sem seu dirigente maior.

Diante do caos político que se instaurou naquela ocasião, assumiu o vice-presidente João Café Filho, que sofreu um ataque cardíaco, e, em seu lugar, assumiu o presidente da Câmara dos Deputados, Carlos Luz. Este, por sua vez, foi afastado pelo ministro da Guerra, o general Henrique Teixeira Lott, assumindo, posteriormente, o presidente do Senado, Nereu Ramos.

Tudo isso ocorreu antes da posse do novo presidente eleito, Juscelino Kubitschek, do Partido Social Democrático (PSD), que tinha João Goulart (o "Jango"), do Partido Trabalhista Brasileiro (PTB), como vice-presidente. Na verdade, tão logo chegaram ao Brasil, meus pais puderam sentir e vivenciar a instabilidade política que reinava na nova terra.

Na época em que Juscelino assumiu a presidência da República, em 1956, minha família se mudou de São Paulo para o bairro da Granja Viana, em Cotia. Essa mudança de endereço ocorreu porque não dava para continuar pagando aluguel. Meu tio Pasquale, meu pai e alguns amigos italianos, entre eles o sr. Giulio Torres, Domenico Colaccico, os irmãos Modesto e Mário Scagliusi, compraram terrenos, uns próximos aos outros, em um loteamento implantado nas terras da família Viana, no km 24 da rodovia Raposo Tavares (rodovia São Paulo-Paraná).

O primeiro a construir sua moradia no novo endereço foi o meu tio Pasquale, e com ele fomos morar. Nessa ocasião, veio ao mundo Michelina, a única irmã que nasceu no Brasil. Logo depois, meu pai construiu nossa casa em um terreno que havia comprado no mesmo bairro, na rua Santo Afonso: ele era o arquiteto, o engenheiro, o mestre de obras, o eletricista, o encanador, tudo ao mesmo tempo. Eu me lembro de sua sabedoria para escolher o lugar para construir o poço. Por dedução, escolheu o local em que havia o eucalipto mais frondoso e, depois de escavar 25 metros de profundidade, encontrou muita água de boa qualidade. Sua intuição e seu conhecimento não falharam. Os terrenos vizinhos ficavam, às vezes, sem água, mas, na minha casa, esse recurso vital nunca faltou! Meu pai trouxe consigo toda a experiência agrária, da vivência em clima seco, que tinha adquirido em sua terra natal, no litoral do Mar Adriático.

Como ele gostava de plantar, comprou outro terreno contíguo, onde implantou uma horta com as verduras que cultivava na Itália, além de uma pequena videira.

Depois que voltava do trabalho, meu pai se dedicava a essa horta com uma paixão impressionante, da qual colhia chicória, almeirão, cenoura, berinjela, cebolinha, salsinha, alecrim e muitos outros temperos e verduras. Além disso, construiu um forno para fazer pizza. Ele adorava cozinhar, e tudo o que ele preparava era muito bom, dentro dos melhores preceitos da culinária mediterrânea. Outra paixão dele era cantar ópera. Enfim, era um italiano autêntico, que gostava de receber pessoas e de preparar boa comida. Minha casa estava sempre cheia de amigos.

Quando a família se mudou para a Granja Viana, eu me lembro da tristeza da minha mãe em sair da rua Artur de Azevedo, em Pinheiros, para ir a um loteamento que estava se iniciando, sem infraestrutura urbana, cheio de eucaliptos e com poucos moradores. Por sua vez, os patrícios estavam construindo suas casas nesse lugar e sempre se reuniam para comer macarronada, *focaccia* e berinjela à parmegiana nos finais de semana. Esses encontros eram alegres, pois o sonho desses italianos começava a se realizar: estavam se tornando proprietários de imóveis, ainda que localizados no meio do mato!

Os terrenos que meu pai comprou foram adquiridos graças ao trabalho que exercia na época, na década de 1950, quando era dono de um depósito de ferro-velho, onde já se praticava a reciclagem de papel, papelão, ferro, chumbo, vidros, entre outras coisas reaproveitadas como matéria-prima pela indústria. Esse depósito se localizava na rua Capitão Antônio Rosa, travessa da avenida Rebouças, onde eu gostava de ficar sentada na pilha de jornais, livros e revistas que estavam à minha disposição. Nesse lugar, eu podia ficar muitas horas sem sentir falta de nada. Eu emendava "uma leitura" na outra, achando tudo aquilo fantástico, mesmo tendo apenas quatro ou cinco anos de idade.

O que era lixo para os outros era diversão para mim e, também, matéria-prima para a indústria brasileira, que se encontrava na segunda fase de sua "revolução industrial": a de substituição de importações e implantação de indústria de bens de produção. A primeira fase dessa "revolução" havia se dado a partir de 1929, quando o mundo entrou em uma fase recessiva, fato esse que fez com que o Brasil tivesse que suprir, internamente, os produtos que eram, anteriormente, importados.

Aí eu entendi que não foi à toa que acabei fazendo uma dissertação de mestrado, na Universidade São Paulo (USP), cuja temática versou sobre a destinação dos resíduos sólidos nessa mesma cidade[5]. O assunto me era muito familiar e me atraía desde tenra idade! A questão ambiental, a reciclagem de

---

5 Minha dissertação de mestrado foi defendida em dezembro de 1978 no Instituto de Geografia e História da Universidade São Paulo (USP), e publicada pelo IBGE em 1983, com o seguinte título: *Os resíduos sólidos na organização do espaço e na qualidade do ambiente urbano: uma contribuição geográfica ao estudo do problema na cidade de São Paulo*. Essa obra pode ser acessada pelo link: <http://biblioteca.ibge.gov.br/visualizacao/livros/liv81781.pdf>.

resíduos e tudo o que tem a ver com a sustentabilidade não despertavam o interesse da mídia, daí porque muitos não entendiam meu interesse por esse assunto, nos idos de 1974. Vez por outra, eu ouvia alguém comentando na universidade: "Lá vem a Maria Gravina, a menina do lixo"; ou, ainda, olhavam para mim, com cara de pena, e diziam, em tom profético: "Esse assunto somente vai se tornar relevante daqui a uns 30 anos!".

Ainda que o lugar da nova morada fosse distante do centro de São Paulo, eu consegui ter acesso à escola pública de boa qualidade, que tinha suas atividades apoiadas por recursos financeiros de uma organização privada, fato que dava ainda mais excelência àquela escola. O apoio dessa instituição era percebido nas pequenas atividades de rotina da escola, a exemplo da premiação que oferecia aos primeiros colocados, ao final de cada ano, e no suporte financeiro que a escola recebia para a realização de inúmeras atividades extracurriculares, como horta, teatro, banda e construção de boneco de papel machê. Eu me lembro que fui premiada com um dicionário (que me acompanhou por toda a minha vida escolar), um troféu e uma caixinha de costura, forrada de veludo vermelho, que eu adorava!

Era uma escola de ensino primário de referência, da qual se deve destacar o trabalho de sua diretora, que tinha uma visão moderna sobre a educação, em seu sentido pleno. Ela dizia que não adiantava a pessoa tirar nota 10 em tudo, mas não ter o equilíbrio emocional para trabalhar em equipe. Tirar boa nota não era sinônimo de bom aprendizado escolar! Esse discurso não era bem compreendido naquela época, mas mostrava o quanto ela era precursora do desenvolvimento de uma "educação integral".

Eu me envolvia com tudo o que aquele estabelecimento de ensino podia me proporcionar. Os que realizavam atividades extracurriculares podiam almoçar na escola. Até hoje me recordo de uma prática que as crianças adotavam, durante o horário do almoço: colhiam limão-rosa no terreno da escola e o espremiam sobre o arroz. Tenho na minha memória o gosto adorável daquela comida, feita no seu refeitório industrial. Quando me lembro, ainda hoje, espremo um limão sobre o arroz branquinho: qualquer limão serve, nem precisa ser limão-rosa! Que delícia! Cheguei à conclusão de que o paladar tem memória!

As escolas públicas eram as melhores instituições de ensino daquela época, e todos tinham acesso à educação de boa qualidade. Assim, mesmo morando no fim do mundo, eu não fui privada de ter acesso a um bom grau de instrução!

Até meus 11 anos de idade, a vida da minha família, do ponto de vista econômico, ia muito bem. Era a época de Juscelino Kubitschek, e tudo parecia prosperar no Brasil e no mundo do pós-guerra!

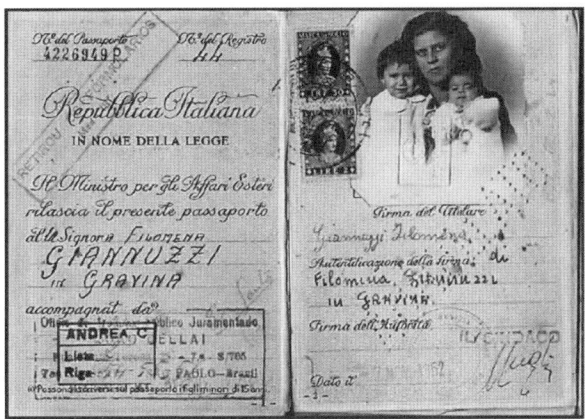

Minha mãe, minha irmã e eu na foto do passaporte emitido na Itália, em novembro de 1952, antes de migrar para o Brasil.

Meu pai Vito Giuseppe Gravina, em novembro de 1951.

Capítulo 2:
As dificuldades e as alegrias no início da minha vida no Brasil

2.1 OS ANOS DIFÍCEIS

A vida seguiu bem até 1962, acompanhando os bons momentos que o Brasil e o mundo viviam. Ocorre que, mesmo em uma fase tão boa da história econômica brasileira, iniciou-se um período de grandes dificuldades financeiras para a minha família, que durou tempo demais para mim: desde a minha adolescência até o dia em que me casei, em 1976.

As dificuldades se iniciaram no momento em que meu pai deixou de trabalhar com o depósito ferro-velho. Esse depósito funcionava da seguinte forma: meu pai adiantava, diariamente, o dinheiro para os garrafeiros comprarem, de casa em casa, material usado ou descartável (papel, revistas, jornais, garrafas, metais etc.). Eles saíam puxando a carroça e, no final do dia, traziam o material que haviam conseguido e prestavam contas ao meu pai. Ele havia aprendido esse ofício com meu tio Pasquale, durante o tempo em que minha família morou com ele, logo no início da nossa chegada ao país.

O desencanto do meu pai com esse trabalho se deu em razão de um triste episódio: a polícia encontrou em seu depósito um tacho de bronze roubado de um dos cemitérios da cidade. Nesse dia, ele foi parar na delegacia para depor. Ficou provado que nada sabia sobre a procedência do material, ficando livre da acusação. Ao verificar que essa situação poderia se repetir, já que não havia o menor controle sobre a origem do material que os garrafeiros levavam para seu depósito, resolveu encerrar as atividades e colocar o depósito à venda. Só de pensar em passar por aquela situação novamente, ele tinha calafrios!

Diante dessa decisão, meu pai acabou se desfazendo de seu ganha-pão. Daí em diante, passou a fazer muitas coisas, não mais acertando o passo quanto à atividade econômica que daria sustento à minha família. Trabalhou como motorista de táxi, motorista particular, mestre de obras, dentre outros tipos de ocupação.

Nesse momento, o Brasil vivia o início da Ditadura Militar. Minha mãe começou a costurar luvas industriais em casa, para que pudessem ser garantidas, minimamente, as principais despesas da casa. Como meu pai não estava conseguindo arrumar emprego, eu e minhas irmãs tínhamos que ajudar minha mãe a "virar" os dedos de cada luva de couro que ela costurava. Meu pai preparou uma base, sobre a qual assentou uma haste de madeira para facilitar a virada de cada dedo da luva, do lado avesso para o direito.

Não posso deixar de registrar a tristeza de ver meu pai saindo para procurar emprego, sem dinheiro e sem contar com a compreensão de minha mãe, que já estava cansada de esperar por alguma novidade. Todos os dias, eu e minhas irmãs presenciávamos as discussões de ambos, pelo fato de o dinheiro estar cada vez mais escasso e não se ver luz no fim do túnel.

Eu não sabia se andava triste porque o dinheiro estava curto ou se era por causa das brigas de ambos, devido a essa questão financeira tão mal resolvida no ambiente doméstico.

Esse clima de incerteza financeira reinou em nossa casa durante uma década e meia, quando eu enfrentava a seguinte contradição: morava em uma casa bonita, em um bairro lindo, de classe média (que já atraía a classe média alta e, até mesmo, muitos artistas), me vestia muito bem (pois minha mãe costurava roupas lindas para mim e para as minhas irmãs), mas pouca gente sabia de nossa triste condição econômica.

Eu me lembro que meus pais "suavam" para pagar o material escolar de que eu e minhas irmãs necessitávamos para cursar o nível ginasial no Colégio Zacarias, escola pública localizada no bairro de Portão, perto de Cotia. Entre outras despesas, nós tínhamos que pagar o ônibus para ir à escola, comprar material escolar, o uniforme da escola, levar lanche para a merenda, sem falar nas refeições que fazíamos em casa.

Na verdade, comida não faltou porque minha mãe ia à feira, na rua da minha casa, perto do horário de meio-dia, momento em que podia comprar os produtos por baciada, a baixo preço. Ela traçava uma estratégia de como faria para comprar a maior variedade de legumes, frutas e verduras com pouco dinheiro. Como ela tinha vivido na Itália no período da Segunda Guerra Mundial, não desperdiçava nada e a comida rendia bem. Parecia que ela realizava o milagre da multiplicação.

Vale ressaltar que, para comprar qualquer coisa, ela esgotava todas as modalidades de negociação. Muitas vezes, quando o preço da mercadoria estava muito acima do que imaginava, ela dizia: "Isso é o preço da dúzia?". O feirante respondia: "Não, minha senhora! Esse é o preço da unidade". Então ela rebatia, furiosamente: "O senhor está brincando comigo! É por causa disso que o país está nessa situação". Virava as costas para o vendedor e ia embora, esbravejando. Na maioria dos casos, o vendedor corria atrás dela e dizia um novo preço, que baixava até ficar perto de um valor que ela considerasse aceitável e que pudesse pagar. Acho até que ela curtia todo esse processo de negociação. Parecia que ela tinha sido criada em um mercado persa!

Não nego que, às vezes, eu me arrisco a utilizar esse mesmo procedimento negocial e, muitas vezes, acabo sendo tão bem-sucedida quanto ela. No entanto, eu me lembro muito bem que morria de vergonha quando ela se alongava demasiadamente nessa discussão!

Uma das coisas com que minha mãe não se conformava era ver muitas panelas cheias de arroz que iam parar na lata do lixo, só porque a comida era do dia anterior! "Quanto desperdício. Isso é um absurdo"!

Meu pai, por sua vez, quando conseguia trabalho, sentia um grande prazer em comprar as coisas que queria e que não havia podido comprar, anteriormente, quando estava sem dinheiro. Mesmo passando por tantas dificuldades financeiras, ele conseguiu voltar para a Itália algumas vezes para rever a família, lançando mão do pagamento das despesas, com a prestação em inúmeras parcelas, a perder de vista.

Meu pai era um homem que, apesar de ter cursado somente o nível primário na Itália, tinha o hábito da leitura. Era um erudito e podia conversar com as pessoas sobre qualquer assunto, encaminhando muito bem um diálogo inteligente. Ao mesmo tempo, tinha habilidades mecânicas, pois sabia transformar qualquer coisa em equipamentos e objetos úteis. Assim, ele era fora do comum: era um homem das letras e, ao mesmo tempo, tinha habilidades manuais.

Eu me lembro que ele construiu um *torchio* para fazer vinho artesanal, igualzinho ao que ele tinha na Itália. Nesse equipamento, prensava a uva que comprava em São Roque, bem perto de Cotia, ocasião em que lotava a Kombi com os cachos dessa fruta. Assim, não faltava vinho na mesa durante as refeições, mantendo a mesma tradição da família Gravina, em Polignano a Mare[1]. Além disso, ele construía patinetes para andarmos na rua; consertava tudo o que quebrava em casa, com muita criatividade, e, ainda por cima, tinha inventado o "vira-dedo de luva de couro".

Eu ficava impressionada com o conhecimento que meu pai tinha dos fatos históricos e da geografia mundial. Lia muito antes de dormir. Eu me lembro do abajur aceso, à noite, diariamente, enquanto ele lia os livros italianos que tinha separado em seu antigo depósito de ferro-velho! Era apaixonado por atlas, por mapas, pela história greco-romana e se deliciava com

---

[1] A Figura 4, nos Anexos, mostra o *torchio*, equipamento para fazer o vinho, construído pelo meu pai, nos anos 1960.

o estudo da mitologia grega. Sabia tudo! Dava uma grande importância ao conhecimento!

Aos 47 anos, meu pai achou que poderia arrumar um belo emprego, mesmo contrariando as expectativas daquela época de que seria difícil achá-lo. Com esse objetivo, voltou aos bancos escolares, como aluno de uma escola industrial, em Cotia, nos cursos de desenho mecânico, leitura e interpretação de desenho: desenhava parafusos e peças industriais. Toda a família foi para sua formatura. Era o máximo ver o esforço que havia feito para se qualificar para o trabalho.

Foi uma pena meu pai Vito Giuseppe ter vivido em um período de economia recessiva. Nessa ocasião, os empregos desapareciam, da mesma forma que se evaporaram os postos de trabalho na época em que os *decasséguis* tiveram que deixar o país. Depois de dar muito "murro em ponta de faca", percebeu que não adiantava procurar emprego, por uma simples razão: os empregos não existiam! A história se repete, com outras feições, com outras particularidades, em outras conjunturas!

Há que se ressaltar que havia uma grande diferença de estilo no modo como os meus pais enxergavam o mundo, mesmo que ambos tivessem nascido e sido criados no mesmo país e na mesma cidade: minha mãe queria garantir o futuro e meu pai queria garantir o presente. Essa dualidade de visão de mundo fundia minha cabeça.

Ademais, há que se ressaltar que a postura de meu pai indicava, de modo inequívoco, mesmo em circunstâncias adversas, que nada justificava "engolir sapo". Ele só fazia o que gostava. Não perdia tempo com nada que não tivesse particular interesse. Na verdade, ele não dizia que o presente valia mais que o futuro, no entanto, seu comportamento diante da vida transmitia esse seu entendimento. Entretanto, para minha mãe, o futuro tinha que ser garantido e, portanto, meticulosamente planejado. Só de pensar em chegar à velhice sem recursos suficientes para uma vida digna já a deixava muito aflita. Quando pensava que poderia depender dos filhos, aí a coisa complicava. Eu vivia sob um teto onde coexistiam duas diferentes visões de mundo.

Na verdade, meu pai fez bem em pensar no presente, pois faleceu jovem, aos 56 anos, e fez tudo o que quis, mesmo com pouco dinheiro. Já minha mãe também fez bem em planejar o futuro, pois viveu até 78 anos e pôde saborear as conquistas decorrentes de seu planejamento estratégico para enfrentar a terceira idade.

Diante de tantas diferenças, eu me lembro de minha tristeza por viver aquela situação tão dramática de falta de dinheiro. Eu jurava que estudaria bastante, que não dependeria de ninguém, que eu venceria por meio dos estudos e que aquela crônica falta de dinheiro um dia iria acabar.

Muitos anos mais tarde, percebi o quanto foi importante conhecer dois modos tão diferentes de enxergar a vida! Constatei que, em determinados momentos, teria que agir como meu pai: não perder tempo com aquilo que não vale a pena. Contudo, aprendi que, em muitas ocasiões, deveria agir como minha mãe, com foco, de modo a alcançar meus objetivos, que somente poderiam ser atingidos se fossem bem planejados.

Com o tempo, notei que esses modos de ver o mundo não eram conflitantes, como eu entendia na época. Eram formas de agir que estavam no meu menu de opções, para orientar minhas decisões, diante de cada situação com que pudesse me defrontar. Já me dei muito bem agindo como meu pai e, também, por ter agido como minha mãe. Bastava apenas compreender que eu poderia visualizar os comportamentos como complementares, em vez de antagônicos.

Aquilo que me causou tanto desconforto acabou sendo uma escola de vida que fortaleceu muito a minha caminhada!

2.2 OS AMIGOS DE INFÂNCIA E ADOLESCÊNCIA

A maior parte dos amigos e vizinhos, naquela época, em Cotia, era de ascendência japonesa. Bem do lado da minha casa vivia a família Matsuzaki, composta pelo casal e nove filhos, de todas as idades. Durante a década de 1960, eu e minhas irmãs tivemos a felicidade de conviver com eles, que vieram da área rural do município de Tapiraí, São Paulo, para morar na rua Santo Afonso, onde nós morávamos[2].

Com essa convivência, desde a tenra infância, aprendi a conhecer muitos aspectos da cultura japonesa. Dona

---

2 Ver Figura 5, nos Anexos, em que aparecem minhas irmãs, minhas primas, três crianças da família Matsuzaki, além de mim.

Amélia, a mãe das crianças, ensinava tudo para quem quisesse aprender: fazer crochê, jogar baralho japonês, cantar músicas japonesas, fazer comida e, principalmente, como raciocinava um japonês.

Entre as inúmeras atividades relacionadas com a cultura japonesa, uma delas era espetacular: participar do *undoukai*. No Moinho Velho, localidade que fica no km 26 da rodovia Raposo Tavares, anualmente, realizava-se essa festa da colônia japonesa, de que todos adoravam participar.

Em razão das dificuldades financeiras pelas quais minha família passava, eu e minhas irmãs aderimos às atividades comerciais que o sr. Luiz Matsuzaki realizava. Ele trazia material plástico colorido, cortado em forma de pétalas de flores, que era transformado em colares de carnaval. Para isso, era preciso torcer essas pétalas com os dedos, cortar os canudinhos de plástico e construir o colar com fio de náilon, alternando pedaços desses canudinhos com algumas camadas de pétalas coloridas. Eram os famosos colares havaianos que, até os dias de hoje, fazem sucesso nos eventos carnavalescos.

A criançada da rua vivia em clima de competição para ver quem produzia o maior número de colares. A disputa era acirrada e todos levavam muito a sério a questão da produtividade e da qualidade do serviço. Nessa época, eu tinha 15 anos de idade.

Nem na hora de ir para a escola eu e minhas irmãs ficávamos longe das crianças da família Matsuzaki, pois estudávamos juntas. Foi um período muito feliz da minha vida!

Nessa época, a criançada do bairro jogava vôlei na rua de casa. Tratava-se de uma atividade aberta, realizada no final da tarde, com jogos muito disputados. A rede de vôlei era armada no meio da rua e, toda vez que passava um carro, o jogo era paralisado e a rede era levantada para não impedir o trânsito. Além disso, as crianças da rua jogavam futebol, sendo que as meninas eram, quase sempre, vencedoras. Também pudera: 10 meninas contra 4 meninos, em jogos violentos, com empurra-empurra e muitas caneladas.

Vivíamos alegremente com essas crianças, até que todos receberam a notícia de que a família Matsuzaki iria se mudar para Guarulhos. Foi muita tristeza nesse dia! Achei que a vida inteira seríamos adolescentes e que compartilharíamos para sempre daquela alegria que reinava naquela rua.

O sr. Matsuzaki tomou a decisão de mudar da Granja Viana porque tinha perdido o emprego e, da mesma forma que meu pai, também estava fora da faixa de empregabilidade, visto que tinha mais de 45 anos. A única saída que ele vislumbrou, naquele momento, foi morar junto dos familiares para não ter que pagar aluguel. Além disso, seu cunhado era dono de um estabelecimento comercial e arrumou emprego para ele e para alguns dos seus filhos. O auxílio da família foi determinante para recompor o orçamento familiar.

Muitos anos depois, vários membros dessa família foram trabalhar no Japão como *decasséguis*, seguindo aquela lógica que descrevi anteriormente: uns foram, outros ficaram, restando a lembrança e a amargura da separação familiar.

Além das crianças do bairro, não posso deixar de me lembrar dos encontros que tínhamos com os Colacicco e Scagliusi que vinham de São Paulo passar os finais de semana na Granja Viana. Esse encontro era muito esperado pelas crianças das famílias Torres, Gravina e Giannuzzi, que eram residentes locais.

Deus sabe o que faz! Naquele período, eu não tinha dinheiro, mas tinha amigos verdadeiros. Isso vale mais do que tudo. Eu e minhas irmãs passamos as fases da infância e da adolescência de forma saudável. Tivemos sólidas raízes!

2.3 O CURSO DE GEOGRAFIA NA UNIVERSIDADE DE SÃO PAULO: O PERÍODO MAIS CRUEL DA DITADURA MILITAR

Eu era uma aluna que tirava boas notas e gostava muito de estudar. Meus professores do curso primário pediram aos meus pais que não me deixassem sem estudo. Meus genitores não mediam esforços para fazer com que minha vida fosse melhor que a deles. Não gostariam de ver suas filhas passarem pelo aperto financeiro que sofreram por longuíssimos anos.

Escolhi a área da educação como profissão, fazendo o curso pedagógico de nível médio em uma escola pública tradicional, bem-conceituada, localizada no bairro de Pinheiros. Ainda bem que eu escolhi ser professora, pois logo consegui me formar para começar a trabalhar e ajudar no sustento de minha família.

Desse modo, aos 17 anos eu já tinha uma profissão: professora primária. No dia da festa de minha formatura, obtive a primeira proposta de emprego. Somente consegui receber meus primeiros salários com a intervenção da minha mãe, pois eu era menor de idade.

Sempre quis ser professora. Desde cedo eu repetia isso à exaustão. Eu continuei meus estudos, só para ser professora de ginásio! No vestibular, fui aprovada no curso de Geografia, da Universidade de São Paulo (USP), que cursei entre 1969 e 1973.

Poucos meses antes de iniciar meu primeiro ano letivo na USP, exatamente em 13 de dezembro de 1968, havia sido instituído o quinto ato institucional do governo militar brasileiro, o AI-5. De acordo com esse ato, ao presidente da República eram concedidos poderes para: a) intervir em estados e municípios, sem atender às limitações impostas pela Constituição; b) suspender os direitos políticos de qualquer cidadão brasileiro pelo período de 10 anos; c) cassar mandatos de deputados federais, estaduais e vereadores; d) assumir o papel do Poder Legislativo de qualquer dos entes federados. Além disso, o AI-5 proibia manifestações de caráter público; impunha censura prévia aos jornais, revistas, livros, peças de teatro e músicas; impedia o direito ao *habeas corpus* por parte dos dissidentes políticos, entre outros atos que "atentassem contra a democracia brasileira".

Quando eu cursava o primeiro ano de faculdade, foi editado o Ato Institucional nº 13, no dia 5 de setembro de 1969, que instituiu a pena de banimento do território nacional para os brasileiros que se tornassem "inconvenientes, nocivos ou perigosos à segurança nacional". Isso significava que ficavam excluídas de apreciação judicial todas as ações praticadas de acordo com esse Ato Institucional.

No tempo em que estudei na USP, cinco longos e sofridos anos, a Ditadura Militar se fazia presente nos pequenos aspectos da vida acadêmica, com uma constante tensão. Um professor chamava os alunos pelo nome, no primeiro dia de aula, fato inusitado, especialmente por se tratar de uma aula inaugural do ano letivo de 1969, com mais de 80 alunos no auditório.

Entre os alunos de minha turma, existia um dedo-duro pago pelo regime para denunciar os "estudantes subversivos". Meus colegas de classe descobriram tudo, e ele acabou tomando uma surra. Depois de chorar muito, disse que não teve outra saída, pois era pobre e queria estudar. O exercício dessa atividade de alcaguete foi uma alternativa viável para que pudesse se tornar universitário, pois tinha vindo do interior e, mesmo estudando em escola pública, não teria como se manter em São Paulo.

Por conta das informações do colega dedo-duro prestadas ao regime, alguns alunos do curso de Geografia sumiam, outros apareciam alguns dias depois, contando para poucas pessoas sobre as torturas que haviam sofrido, incluindo as sessões de choque elétrico.

Uma colega da faculdade estava sendo perseguida pela polícia e, no desespero, pediu para dormir em minha casa. Eu disse que sim, mas expliquei que morava longe, "fora de mão". Ela disse: "Melhor ainda, preciso desaparecer!". Os olhos dela giravam alucinadamente de um lado para outro, de tanto medo. Dois dias após, ela foi presa. Quando voltou a frequentar as aulas, tempos depois, seu comportamento e postura se tornaram muito diferentes do que eram anteriormente. Tinha tomado muito choque elétrico, segundo soube.

Após sua prisão, uma pessoa me contou que meu endereço era do conhecimento da polícia. Fiquei apavorada, com medo de ser perseguida somente por ter permitido que ela dormisse em casa. Nessa época, ninguém confiava em ninguém. Não dava para pegar carona ou contar algum tipo de detalhe da vida pessoal a qualquer pessoa.

Não consigo me esquecer da forma como escapamos de passar uma noite no Centro Residencial da USP, o Crusp. A polícia, quando realizava sua incansável busca por "subversivos", levava todos para esse centro com o objetivo de conferir os documentos. Ocorre que meu pai tinha ido me buscar de carro, à noite, com a minha *nonna* Ângela, que tinha vindo da Itália para visitar a família[3]. "Vamos dar uma volta para ver onde a Maria estuda", ele disse, com muito orgulho!

Naquela noite, todo mundo foi parar no Crusp, porque a polícia fechou o acesso principal da Cidade Universitária, no Butantã. Ocorre que, justamente naquele dia, meu pai entrou e saiu do campus pelo acesso dos fundos, que dava na rodovia Raposo Tavares. Tivemos muita sorte! Era só o que faltava: a

---

3 Ver Figura 6, dos Anexos, eu estou com a minha avó materna Angela Simone, meus pais Vito Giuseppe e Filomena, e minhas irmãs Ângela e Michelina, em 1969, ano em que a *nonna* esteve no Brasil para visitar a família.

minha *nonna* no Crusp, vindo direto da Itália para ser revistada pelos militares, com suspeita de subversão política!

Nessa época, até mesmo fora do ambiente universitário eu tinha medo das pessoas. Minha mãe ou meu pai sempre iam me buscar no ponto de ônibus, no km 24 da rodovia, bem tarde da noite, no frio e no escuro, na chuva ou no sereno, quando eu retornava da universidade. Era muito sacrifício morar em outro município e estudar na cidade, tendo que tomar ônibus à noite!

O medo também alcançou o ambiente de trabalho. Essa situação pode ser exemplificada pelo triste episódio ocorrido em uma escola em que eu ensinava. O referido estabelecimento de ensino deixou de pagar o salário dos professores durante vários meses. Como não dava para continuar assim, todos se reuniram e advertiram os donos da escola de que, caso não pagassem tudo o que era devido, nenhum professor permaneceria na escola. No dia combinado para receber os valores em atraso, a escola foi invadida pela polícia para prender os professores "subversivos". Nesse dia, a maioria dos professores da escola foi parar na cadeia. Segundo se soube tempos depois, os proprietários da escola haviam denunciado os professores por subversão para não terem de pagar os salários na data estabelecida.

Nesse dia, eu e Takayoshi (que anos mais tarde se tornaria meu marido) tínhamos as últimas aulas do dia. Quando chegamos, a "operação" estava em andamento, e acabamos não entrando no edifício. Nessa escola, alguns membros do

Esquadrão da Morte[4] eram nossos alunos, sem que eu e os demais professores soubéssemos.

Como professora de Geografia, o tempo todo eu era questionada pelos "alunos", com o objetivo de verificar qual era minha ideologia. Fatalmente surgiam perguntas do tipo: "Professora, na sua opinião, o Brasil é um país subdesenvolvido?". Parece uma pergunta banal, mas, a depender de como eu respondesse a esse simples questionamento, poderiam saber se eu era subversiva ou não. Era preciso fazer malabarismo para dar aulas de Geografia sem que eu me expusesse, de forma desnecessária, na tentativa de transmitir o conteúdo básico de que os alunos precisavam. Os professores das escolas de vestibular e de Madureza[5], assim como eu, passavam muito aperto nas salas de aula.

Tive gastrite nessa época. Lembro-me de que cheguei a desmaiar na sala de aula de tanta dor ou, quem sabe, de tanto medo de ser questionada e não saber responder sem me prejudicar.

Era comum a invasão das casas pela polícia. Bastava que alguém levantasse uma suspeita para que tudo fosse revirado. Não se sabia quem e por que, exatamente, as pessoas estavam sendo procuradas.

---

4 O Esquadrão da Morte era um grupo de extermínio formado por policiais civis e militares, que agiam em São Paulo, durante o final dos anos 1960 e início dos anos 1970. Esse esquadrão se valia do encarceramento arbitrário, da tortura física e psicológica e dos julgamentos via Inquérito Policial Militar (IPM). Ver *Esquadrões da Morte: a maquiagem vermelha*, de Vanessa de Mattos, disponível em: <http://www.nucleasuerj.com.br/home/phocadownloadpap/9d.pdf>. Acesso em: 15 jan. 2015.

5 Madureza era um curso para preparar jovens e adultos para a obtenção do diploma de conclusão dos cursos ginasial e colegial. O curso era concluído em dois anos e existiu por uma década, entre 1961 e 1971.

Os livros do escritor chileno Pablo Neruda, que eu tive a curiosidade de ler, ficaram enterrados no quintal, enrolados em plástico. O medo tomava conta das pessoas, muitas das quais, assim como eu, não tinham nenhuma atuação política. Ao contrário, eu era uma menina boba que, até três anos antes de entrar na universidade, brincava de boneca.

Tudo isso foi traumático para mim. No entanto, creio que o tiro saiu pela culatra, pois eu, que não entendia nada de política, comecei a me interessar profundamente pelo assunto. Até hoje, a Ciência Política se constitui uma das áreas que mais me atraem como conhecimento humano e, quando vi, minha carreira acadêmica acabou se endereçando nesse sentido, já que resolvi fazer o doutorado na Faculdade de Sociologia e Ciência Política da Universidade Complutense de Madrid (UCM), finalizado em setembro de 2013[6].

No tempo em que vivenciei o período mais cruel da Ditadura Militar no Brasil, a imprensa noticiava a busca por terroristas subversivos, destacando-se o caso de Massafumi, filho de imigrante japonês, comunista daquela época. Confesso que quando fui apresentada ao novo colega de trabalho, Takayoshi Ogata, pensei que ele fosse o Massafumi. Eles se pareciam muito fisicamente. Contudo, Ogata estava muito longe de ser um terrorista. Ele estava lá porque tinha

---

6 O curso de doutorado em Administração Pública foi finalizado com a defesa da tese *La gestión participativa del agua en Brasil: aspectos legales, políticos e institucionales (1988 a 2008)*, da Faculdade de Sociologia e Ciências Políticas da Universidade Complutense de Madrid (UCM), que pode ser acessada pelo link: <http://eprints.ucm.es/23813/1/T34967.pdf>.

sido indicado por outro professor para ensinar matemática no mesmo curso de Madureza em que eu ensinava.

Nessa época, eu estudava na Faculdade de Filosofia, Letras e Ciências Humanas da USP, na qual se encontrava vinculado o curso de Geografia, considerado um dos "antros da subversão universitária". Por sua vez, Takayoshi, que um ano depois passou a ser meu namorado, nunca viu nada que o incomodasse na faculdade de Matemática, na mesma universidade onde eu estudava. Essa era a diferença de quem era da área de humanas em relação àqueles que eram da área de exatas ou tecnológicas.

Vivenciávamos a vida acadêmica em uma mesma universidade, porém, em dois mundos distintos! O mesmo se pode dizer das pessoas comuns que nada viam e nada sabiam sobre as torturas sofridas por aqueles que ameaçavam o regime, razão pela qual ele foi apoiado pela população que clamava por ordem nas ruas. Ninguém sabia o que se passava nos seus subterrâneos e nas vidas das pessoas que caíam em suas mãos.

Como professor, Takayoshi, mais conhecido como Leo, era extremamente didático e conseguia fazer com que as coisas difíceis da matemática pudessem ser entendidas facilmente. Desse modo, dedicava alguns minutos fora do horário de aula para explicar, na maior paixão pela ciência e pelo ensino, a qualquer aluno, as coisas que não tinham sido compreendidas durante as aulas.

Apesar das dificuldades de ordem política e social que eram vivenciadas naquele início da década de 1970, o ambiente da escola em que ensinávamos era de muita alegria e camaradagem. Esse clima era passado para os alunos do curso, que se tornavam muito próximos dos professores, e muitos dos quais tinham mais idade do que qualquer um de nós, por se tratar de um curso de Madureza.

Qual não foi nossa surpresa ao saber que o aluno mais interessado nas explicações adicionais do professor Takayoshi era, justamente, um dos membros do Esquadrão da Morte, que rondava as ações de todos os professores da escola!

Na verdade, nem Takayoshi nem eu tínhamos a "política nas veias". Eu, particularmente, não tinha cabedal intelectual suficiente para saber o que estava acontecendo. Afinal, três anos antes de entrar na universidade eu me pendurava no pé de abacate, construindo a casa das minhas bonecas, pensando se seria uma boa atitude pular de lá de cima com o guarda-chuva, como se ele fosse um paraquedas! Realmente, não tinha como dar um salto intelectual dessa magnitude!

Enfim, toda a experiência que eu tinha, antes de entrar na universidade, resumia-se à infância alegre e feliz, à grande amizade com as crianças da rua Santo Afonso e com outras famílias do bairro.

Não dava para entender a complexidade da situação em que estava mergulhada a vida política do Brasil. Somente algumas coisas eram bem compreendidas por mim: o medo de falar, de me envolver com alguém e o medo de gente que usava farda.

Aprendi que em "boca fechada não entra mosca"! Essa foi a cruel lição aprendida. Esse "ensinamento" do período da Ditadura Militar me acompanha por toda a vida, pois logo entendi que democracia plena não existe, pois sempre se vivencia algum tipo de ditadura, seja no ambiente político, familiar ou mesmo no ambiente profissional, fortemente competitivo.

Enfim, acabei me tornando um membro da "geração sem palavras" ou, pelo menos, da turma que mede muito bem tudo aquilo que vai dizer. Isso decorreu dessa fase em que, caso eu "falasse demais", minha vida e as dos outros estariam em risco! O medo é um sentimento horrível que solapa a saúde das pessoas. No meu caso, era uma gastrite que me corroía por dentro e que faltou muito pouco para virar uma úlcera!

Eu e minha irmã Ângela, na Granja Viana,
em Cotia/SP, em 1955. Duas italianinhas no Brasil.

Capítulo 3:
A mistura de povos em terras brasileiras

3.1 A MISTURA DE ITALIANOS COM JAPONESES: MEU NAMORO COM TAKAYOSHI

Depois de um ano de nossa apresentação formal no elevador da escola onde trabalhávamos, eu e Takayoshi começamos a namorar. Ele tinha cabelos na altura dos ombros, lisos e lindos, que, de tão pretos, chegavam a ser azulados.

Leonardo é o nome de batismo que lhe foi dado por seus padrinhos italianos, quando vivia nas roças de café. Afinal, no Brasil, entre Takayoshi e Leonardo, todos acabaram preferindo tratá-lo por Leo.

Começamos a namorar depois de sermos grandes amigos. Ele era muito atencioso e transmitia muita segurança nas nossas relações interpessoais. Íamos para o ponto de ônibus diariamente juntos, no Vale do Anhangabaú, já tarde da noite, quando as aulas do curso de Madureza haviam terminado. Ele ia para o bairro do Jabaquara, e eu ia para a Granja Viana, onde minha mãe me esperava no ponto de ônibus, já perto da meia-noite.

Leo tinha vindo de Londrina para estudar em São Paulo. As condições financeiras dos seus pais, naquela época, eram muito precárias. Por incrível que pareça, sua família e a minha dependiam dos parcos recursos financeiros que, tanto eu como ele, recebíamos nas escolas em que trabalhávamos. Resumindo: eu tinha encontrado alguém que vivenciava o mesmo drama familiar da falta de dinheiro.

Takayoshi tinha feito cursinho em um bom pré-vestibular com bolsa de estudos, morando na casa dos tios. Acabou entrando em duas faculdades renomadas, uma pública e outra privada, respectivamente, a Universidade São Paulo (no curso de Matemática) e a Faculdade de Engenharia Industrial (no curso de Engenharia Química). Frequentou as duas universidades simultaneamente; contudo, acabou se formando na universidade privada, fato que somente foi possível graças a uma bolsa de estudos. Seguramente, ele não teria saído do difícil patamar financeiro em que se encontrava caso não existisse a possibilidade de contar com essa bolsa, que foi paga, com folga, depois de formado.

Há que se destacar que as políticas públicas são verdadeiramente abençoadas. Na área da educação, elas fazem a diferença na vida de muitas pessoas, já que lhes possibilitam superar as dificuldades em que se encontram durante duros e longos anos de suas vidas!

Eu e o Leo escondemos o namoro de nossos pais, pelo máximo período que pudemos, pois sabíamos que enfrentaríamos muitos problemas. Meu pai não queria que eu me casasse com alguém que não fosse italiano ou conhecido da família. Outra grande expectativa era a de que eu e minhas irmãs namorássemos com alguém que estivesse estudando. Ao namorar com o Leo, eu estava atendendo ao segundo requisito, mas não ao primeiro. Por sua vez, os pais de meu namorado não queriam nem imaginar que seu filho mais velho fosse descumprir a tradição de se casar com uma japonesa.

Sueco, uma das tias do Leo, sabia de tudo e apoiava nosso namoro. Um belo dia, quando eu estava em sua casa, seu irmão chegou – meu futuro sogro, e ela me apresentou a ele como sua amiga. Conversamos muito, e ele fez o seguinte comentário: "Gostei da sua amiga. Ela é muito simpática". Ficamos felizes com o que ele falou, pois isso sinalizava que a aprovação do namoro poderia ser mais fácil. Ledo engano; eu era muito simpática como amiga de sua irmã, porém, não o suficiente para ser sua nora, pois faltava atender a um importante requisito: ter ascendência japonesa.

Vale lembrar que Leo é o filho mais velho do sr. Massatugo, justamente aquele que tem a obrigação de cuidar dos pais na velhice. Como uma moça que não era japonesa poderia entender essa tradição?

Realmente, a situação se complicou muito na casa do Leo quando seu pai soube da verdade. Na minha casa, também não foi diferente. Meu pai não gostou nada da novidade!

A mistura de etnias gera muito desconforto entre as famílias. Parece que querem poupar os filhos de prováveis aborrecimentos futuros, que sempre podem surgir em razão do desconhecimento de certos detalhes que cercam as diversas culturas. Era preciso dar um desconto a todos, pois, como migrantes ou descendentes de migrantes, ninguém poderia confiar suficientemente em qualquer pessoa. Bom pretendente é aquele que a família conhece! Na verdade, havia a desconfiança dos imigrantes em relação aos brasileiros e aos outros imigrantes, e a atitude de todos visava proteger e poupar os filhos de dissabores futuros. De forma inversa, vale ressaltar que também havia desconfiança dos brasileiros em relação aos imigrantes.

Meu pai brigou comigo e acabou me batendo, coisa que ele nunca havia feito antes, nem mesmo quando eu era criança. Fiquei revoltada e quase fui embora de casa, deixando tudo para trás: pai, mãe e duas irmãs. Eu já sabia até mesmo onde eu poderia morar: junto com duas amigas nisseis que moravam em uma república. Eu achava incrível a liberdade que elas tinham de serem donas do próprio nariz.

Confesso que pensei no sacrifício que minha mãe e meu pai faziam, de me buscarem no ponto de ônibus, naquele frio e escuro, e concluí que eles não mereciam que eu lhes virasse as costas e me mudasse para outra casa. Naquela época, a filha que saía de casa nessas condições deixava os pais profundamente magoados.

Meu pai sumiu por algumas horas e todos ficaram preocupados, sem saber se tinha lhe acontecido algo. Somente 25 anos após esse ocorrido fui saber que, naquele episódio, ele estava na casa do sr. Giulio Torres, grande amigo da família, onde ele desabafou e contou o nosso "grande drama familiar".

Vale lembrar que, antes disso, minha irmã tinha sido duramente reprimida pelo meu pai em razão de ter namorado com um japonês, cujo namoro acabou não indo adiante. Contudo, meu pai entendeu que eu e minha irmã estávamos desafiando sua autoridade em persistir em namoros que a família não queria. Na verdade, ao escolher a cidade de São Paulo para morar, onde se concentraram grandes contingentes de imigrantes japoneses e italianos, deveria saber que esse tipo de mestiçagem já havia se tornado algo extremamente corriqueiro.

Vale ressaltar o modo como meu namoro com o Leo veio a público: uma das amigas de minha mãe contou a ela que alguém tinha me visto no ponto de ônibus, à noite, namorando com um japonês. Foi o suficiente para que passássemos a usufruir desse clima de horror que nos perturbou durante um bom tempo.

Ocorre que foi preciso dar tempo ao tempo para que as coisas se colocassem nos seus devidos lugares. No final, acabamos nos entendendo bem. Meu sogro acabou gostando de mim, e meu pai acabou gostando muito do Leo. Minha mãe e minha sogra entenderam a situação desde o início, dizendo que com assuntos do coração não se brinca e que sempre vale aquilo que as pessoas sentem umas pelas outras, independentemente de qualquer outra circunstância.

O curioso é que isso tudo aconteceu com famílias de imigrantes que não viveram em suas respectivas colônias. Imaginem quão pior teria sido se estivessem vinculadas a elas, pois esse tipo de situação passaria por uma reprovação coletiva.

Na verdade, a diferença de culturas não se operou de forma negativa, como esperava meu pai. Eu tinha sido criada com a família Matsuzaki, vizinha de muitos e muitos anos, e eu já havia me tornado uma pessoa com costumes ítalo-nipo-brasileiros. Por sua vez, o Leo cresceu no meio de famílias italianas, nas fazendas de café do Paraná, razão pela qual ele já não era um "japonês ortodoxo", ainda que o japonês tivesse sido sua primeira língua. Ele tinha hábitos nipo-ítalo-brasileiros. Coisas do Brasil! Nossos pais se enganaram redondamente no diagnóstico apressado que fizeram sobre nosso futuro, pois vale lembrar que, antes de tudo, somos todos brasileiros, comemos arroz com feijão todos os dias e, ademais... estava escrito nas estrelas!

3.2 O MEU CASAMENTO

Depois desse dramalhão, com direito a tapa e tudo, as coisas voltaram ao normal, para a alegria de todos. Meu casamento com Takayoshi aconteceu na Igreja de Santo Antônio, na Granja Viana, às dez da manhã, no dia 31 de julho de 1976, com um sol maravilhoso e com amigos e parentes presentes. Eu não chorei na igreja, e dava para ver a enorme felicidade estampada em meu rosto. Foi curioso não ter chorado nesse dia, pois sou uma pessoa que chora por tudo.

Na verdade, chorei depois, quando me despedi de todos para viajar para a Bahia, no mesmo dia do casamento e porque estava deixando meus pais e minhas irmãs com aqueles velhos problemas financeiros de sempre! Apesar de continuar preocupada com eles, estava feliz, pois essa minha nova fase de vida colocava um ponto final no longo período de dificuldades vividas por falta de dinheiro.

Não posso negar que se abria uma nova história para mim e que, de cara, eu já sabia que seria muito melhor do que tudo o que tinha vivido antes. Não sei explicar, mas saí de São Paulo a passos seguros, de alguém que moraria em um lugar lindo, que ainda não conhecia, mas que já gostava muito antes de conhecer: a cidade do Salvador, na Bahia.

Ah, como eu queria mudar de vida! Foi em Salvador que Leo optou por trabalhar, pois havia surgido um emprego em uma empresa petroquímica, área em que ele sempre pensou em atuar profissionalmente. A vaga para a qual ele tinha se candidatado parecia ter sido desenhada especialmente para ele: era necessário ser engenheiro químico, recém-formado e que falasse japonês. Ressalta-se que o domínio da língua japonesa sempre foi um diferencial em sua profissão, abrindo as portas para grandes oportunidades. Assim, quatro meses antes de nosso casamento, Leo já havia se mudado para essa cidade.

Creio que tudo deu certo porque combinamos que somente nos casaríamos quando estivéssemos formados e com emprego certo. Sem esses requisitos, era melhor cada um ficar em sua casa. Durante os cinco anos de namoro e noivado, conseguimos construir um pequeno patrimônio graças a um empréstimo de um banco oficial, facultado aos funcionários públicos. Eu era professora da rede pública de ensino e poderia pedir dinheiro a juros baixos. Novamente, é preciso lembrar da importância das políticas públicas, que direcionam esforços para segmentos que podem melhorar sua situação econômico-social.

Além disso, com o dinheiro das aulas, eu e o Leo compramos um carro para cada um. O meu carro era um Volkswagen de 1966, comprado do tio Francisco, marido da tia Sueco (aquela que havia acobertado e apoiado meu namoro com seu sobrinho). Por sua vez, o carro do Leo, de 1969, foi comprado com parte de um empréstimo feito pelo sr. Giulio Torres. Enfim, foi com o carro do Leo que enfrentamos mais de dois mil quilômetros de estrada, durante uma semana de lua de mel, ao longo das rodovias que nos levaram até Salvador!

Todos os nossos pertences foram cuidadosamente colocados no interior desse Fusquinha: roupas, livros e presentes de casamento, contabilizados na forma de muitas bandejas de aço inox. Todos os convidados tiveram o mesmo pensamento: "Se eles vão para tão longe, não dá para dar coisas que quebram".

No caminho de São Paulo a Salvador, eu comecei a ver coisas que somente via pela televisão. Lembro-me da emoção que tive quando vi um pé de cacau com lindíssimos frutos, bem como quando vi o primeiro jegue na beira do asfalto. Não deu para esconder a emoção ao ver os índios de verdade, da região sul da Bahia, em Porto Seguro. Sem mais nem menos, esses índios perguntaram se o carro estava cheio de caiambá (dinheiro). Na verdade, tinha o dinheiro dado pelos parentes japoneses em envelopes, como presente de casamento. Graças a essa tradição japonesa, pudemos comprar alguns utensílios domésticos assim que chegamos ao nosso destino. Caso contrário, contaríamos apenas com as inúmeras bandejas de inox.

Outra forte emoção foi a travessia da Ilha de Itaparica para Salvador, de *ferryboat*. Eu senti o gosto da liberdade, de uma nova vida que se iniciava. Conforme previa, foi paixão à primeira vista. Eu sabia que iria gostar muito dessa cidade!

Eu olhava para tudo com muita alegria. No dia em que chegamos, em 6 de agosto de 1976, deu para ir até a Praia de Armação, pela orla, passando pelo Jardim de Alah. Para encerrar a lua de mel, ficamos em um hotel chique. Fomos hóspedes, por uma noite, do Hotel Meridien, no bairro do Rio Vermelho, que era tudo de bom!

É bem verdade que, no dia seguinte, tivemos que cair na realidade. Não tínhamos ainda uma casa para morar e, até arrumar um lugar para ficar, vivemos uma semana no Hotel Caramuru, bem simples, embora localizado no Corredor da Vitória, área nobre da cidade soteropolitana.

Vale ressaltar que, do ponto de vista histórico, nossa ida para Salvador se deu no ambiente de estímulo dado pelo governo militar, que visava à descentralização da economia brasileira. Havia grande concentração populacional e das atividades econômicas no eixo São Paulo-Rio de Janeiro, verificando-se a necessidade de desenvolver e integrar outros pontos do território nacional. Assim, como forma de desenvolver o restante do país, e como resposta à crise mundial do petróleo de 1973, foram selecionados alguns pontos do território nacional para implantar indústrias químicas e petroquímicas, nas décadas de 1970 e 1980. Nesse contexto, foram criados os Polos Petroquímicos de Camaçari, na Bahia, e de Triunfo, no Rio Grande do Sul.

No Polo Petroquímico de Camaçari, as empresas foram constituídas com base em um modelo tripartite, nos seguintes termos: um sócio privado nacional, um sócio privado estrangeiro e uma subsidiária da Petrobras. Esse modelo foi pensado no sentido de garantir recursos financeiros para as atividades industriais, bem como aporte de tecnologia trazida pelo sócio estrangeiro.

Mais uma vez, as políticas públicas foram determinantes para orientar os passos de minha família para novos processos migratórios.

3.3 O INÍCIO DA VIDA DE CASADOS E O NASCIMENTO DOS FILHOS NA BAHIA

Enquanto o Leo saía para trabalhar no bairro do Comércio, no centro de Salvador, eu saía para procurar um imóvel para morar. Como não conhecia a cidade, ao ver o preço dos imóveis, me deslocava para saber onde ficava aquele local de preço tão acessível ao nosso bolso. Ocorre que, de carro, não dava nem para chegar lá, pois a casa ficava em uma ribanceira. Rodei muito até entender que Salvador é uma cidade diferente.

Chamou minha atenção o fato de um bairro nobre ficar entre áreas urbanas invadidas (favelas). Você consegue ver os bairros das classes C e D mesmo passando pelas principais ruas da cidade. Ela tem sua parte nobre, que não se isola dos bairros populares. Enfim, a cidade se mostra sem preconceitos e não joga para baixo do tapete suas feições negativas.

Diante dessa realidade, rodei a cidade toda em uma semana, até achar um lugar para morar provisoriamente. Nós nos mudamos para o Solar Boa Vista, em Brotas, na garagem de uma casa bem bonita, onde moramos durante um mês.

Logo percebi que não somente o sotaque, mas também as expressões usadas pelos baianos eram bem diferentes daquelas que eu conhecia. Cheguei mesmo a escrever em um caderno tudo aquilo que achava curioso e interessante. Em uma semana, eu já tinha completado umas cinco páginas com expressões usuais da minha nova terra. Cheguei a pensar... "Será isso um dialeto?" Algum tempo depois, foi publicado o *Dicionário de baianês*, por alguém que não era baiano e que tomou o cuidado de traduzir o significado das diversas palavras que são usuais na Bahia[1].

Com o dinheiro de que dispúnhamos e com o salário que o Leo recebia, teríamos que resolver a seguinte questão: alugaríamos um imóvel para morar e compraríamos os móveis, ou compraríamos uma morada simples e ficaríamos sem os móveis? O dinheiro não dava para tudo, e, por essa razão, teríamos que escolher uma dessas opções.

Decidimos pela segunda alternativa e acabamos comprando um imóvel financiado pelo Banco Nacional da Habitação (BNH), na Boca do Rio, perto da Praia dos Artistas. A mudança para nosso primeiro imóvel se deu no dia de São Cosme e Damião, em 27 de setembro de 1976, no mesmo ano em que chegamos à Bahia. Quando estávamos sentados no chão da sala, felizes com a aquisição da casa própria, entrou um rojão pela janela da sala, devido às homenagens que os vizinhos estavam prestando aos dois santos daquele dia, mediante a oferta de um caruru[2]. Aliás, eu nem sabia o que

---

1 *Dicionário de baianês*, do carioca Nivaldo Lariú, em edição do autor.

2 Caruru é uma comida que tem sua origem relacionada com a migração africana para a Bahia, em razão da escravidão. Essa iguaria é preparada com quiabo, camarão, amendoim, castanha de caju, leite de coco, gengibre, azeite de dendê, temperada com coentro.

era um caruru, e acabei sabendo o que significava de forma bastante inusitada!

A mudança para a Boca do Rio inaugurou uma época muito feliz de minha vida. Conhecemos três casais divertidos que, assim como nós, eram recém-casados, sem filhos e em fase inicial de suas respectivas carreiras profissionais. Íamos com eles às festas de aniversário, festas de fim de ano, viajávamos, velejávamos e começamos a entender as coisas boas da Bahia, de forma muito alegre.

Além disso, passei a frequentar muitas festas e belos restaurantes com meu marido, que tinha por atribuição acompanhar o diretor industrial da empresa, que vinha do Japão. Assim, em pouco tempo eu já tinha conhecido tanto as partes nobres como os bairros mais humildes da cidade.

Nessa ocasião, eu me ocupava com minha dissertação de mestrado. Por ter optado por não comprar móveis, me atirava ao chão com meus livros e ficava o dia todo estudando. Um ano depois, fiquei grávida de minha filha mais velha, a Mayumi, que nasceu exatamente no dia em que escrevi as últimas palavras da dissertação. Ela "esperou" que eu terminasse tudo! Bela menina, ajudou a mamãe até mesmo antes de nascer!

Em maio de 1978, ela nasceu de parto normal, muito rapidamente, sem anestesia, no dia em que meu marido tinha ido a São Paulo para o enterro de sua irmã Miyoko, que faleceu aos 15 anos de idade, depois de ter vivido toda sua vida de forma vegetativa. Após voltar dessa viagem, ele foi direto ao portão do hospital e me viu chegando lá, naquele exato momento. Eu tinha ficado na casa de amigos, para não ficar sozinha, já que a qualquer momento poderia se dar o nascimento do bebê. Ficamos sabendo que era uma menina no dia do nascimento, pois, naquela época, não havia ultrassom.

Mayumi nasceu muito linda; contudo, com um mês de vida, descobrimos que tinha nascido com um problema congênito: luxação do quadril esquerdo. No início, isso deixou todos muito preocupados, pois não se sabia se ficaria com sequelas. Na verdade, quem descobriu o problema da Mayumi foi minha mãe, pois notou que seus pezinhos ficavam voltados para dentro. Era algo que nem se percebia e que a pediatra não constatou no momento de seu nascimento.

Em razão do uso de um aparelho específico, confeccionado em couro, plástico e alumínio, o osso do fêmur se encaixou corretamente no quadril, depois que ela o utilizou durante cinco meses. Os médicos de São Paulo parabenizaram o médico baiano por ter feito um diagnóstico precoce, fato difícil de ser identificado naquela época. Felizmente, nos dias de hoje, esse exame já faz parte da rotina das maternidades, logo quando as crianças nascem.

Na literatura médica, a luxação congênita do quadril ocorre predominantemente no caso de mistura étnica entre japoneses e italianos. Percebi que se paga um certo tributo pela promoção da mestiçagem. Isso implica ter que fazer alguns "ajustes", não somente do ponto de vista cultural, mas também do ponto de vista físico.

Quando a Mayumi tinha 8 meses, fiquei grávida da Marina. Durante essa gravidez, ocorreram problemas de saúde que afetaram meu pai e meu marido. Descobrimos que meu pai estava com câncer e acabou falecendo três meses após o nascimento do novo bebê. Quanto ao meu marido, ficou sem trabalhar pelo período de um mês, pois seus glóbulos brancos aumentavam de forma assustadora.

Ficamos sem saber o que estaria motivando o aumento desses glóbulos. Ao final, duas hipóteses foram levantadas: poderia ter se originado do efeito colateral da medicação que tomou para combater a esquistossomose contraída nas lagoas da cidade onde velejávamos com os amigos; ou poderia ser algum problema causado pelo benzeno. Naquela época, havia comentários sobre a possibilidade do surgimento de doenças ocupacionais em decorrência da exposição a essa e a outras substâncias químicas, no Polo Petroquímico de Camaçari.

A verdade é que eu chorava diariamente, pois ambos estavam hospitalizados, sendo que meu pai se encontrava em São Paulo, e eu e meu marido, em Salvador. Eu tinha muito medo de como nasceria o novo bebê após esse forte estresse emocional que eu e ela estávamos passando.

Durante esse período, o trabalho me salvou, pois, de alguma forma, tirava o foco dessa situação tão difícil. Eu trabalhava como funcionária pública, desde 1979, em um órgão vinculado à Secretaria do Planejamento, Ciência e Tecnologia (Seplantec), do Governo do Estado da Bahia, no qual eu atuava como geógrafa. Eu me lembro que, pelo período de três a quatro meses dessa gravidez, chorava muito, especialmente à noite. Marina nasceu muito sensível do ponto de vista emocional. Ela acordava muitas vezes durante a noite e mostrava que queria muito a minha presença e, também, a de meu marido.

Dois anos e meio depois do nascimento da Marina, em 1982, nasceu Leonardo. Traduzindo em miúdos, em quatro anos tive os três filhos, com partos normais. Passei a maior parte dessa última gravidez no Japão. Meu marido foi trabalhar na cidade de Mizushima, no sul desse país, e acabamos morando na cidade turística de Kurashiki, perto de Okayama. Além da minha família, outras três, da mesma empresa, se deslocaram para esse mesmo local, no mesmo período, com seus respectivos filhos pequenos.

Durante os meses que moramos no Japão, as quatro famílias acabaram morando no Kurashiki Kokusai Hotel. Não preciso nem dizer que as sete crianças pequenas transformaram, ou melhor, transtornaram a rotina do referido hotel. Nessa ocasião, eu tinha duas crianças pequenas (Mayumi, com 3 anos e meio, e Marina, com 1 ano e sete meses), bem como estava em fase inicial de gravidez. Realmente, esse visual não era comum no Japão: uma mulher grávida dando as mãos a duas crianças pequenas. Devem ter pensado: "Como tem gente louca na face da Terra!".

Nessa oportunidade, meu marido e eu decidimos que Mayumi iria para a escola, pois não era salutar ficar confinada em um quarto de hotel o dia todo. Além disso, achou que seria a oportunidade de ter contato com a língua e a cultura japonesas.

Quando eu ia buscá-la na escola no final do dia, ficava preocupada em vê-la em um ambiente que não era o dela; ouvia uma língua que não conhecia.

Como as crianças usavam uniforme escolar, ela ficou igualzinha a todos os coleguinhas japoneses, dando um trabalho enorme para encontrá-la ao final das aulas. Por incrível que pudesse parecer, ela mantinha um bom grau de "conversação" e entendimento com a professora e os colegas. Nem sei como isso aconteceu! Coisas de criança e de professora dedicada!

Eu voltei para o Brasil aos sete meses de gravidez. Nessa viagem de retorno, tive a ajuda da minha sogra Yuhiko, que saiu do Brasil para acompanhar a família ao Japão, durante uma parte dessa viagem em que estivemos em sua terra natal. Foi a primeira vez que ela retornou ao Japão, após de ter saído de lá há 45 anos, na condição de imigrante. Depois que cheguei ao Brasil, meu marido continuou trabalhando na cidade de Mizushima por mais dois meses. Eu tive que voltar antes, já que a empresa aérea não recomendava a viagem de uma gestante para fazer um trajeto tão longo, em estágio avançado de gravidez.

Como o bebê nasceria logo, fui direto para São Paulo para ficar com minha família. O Leozinho veio ao mundo nessa cidade, em janeiro de 1982. Foi o único filho que não nasceu na Bahia. Depois dele, em outubro de 1986, quase cinco anos depois, e já de volta a Salvador, veio a Nara, cujo nascimento se deu em circunstâncias complexas, já que nasceu em hospital particular, sem nenhum acompanhamento médico. Algo impensável!

Na verdade, o médico ginecologista estava no hospital, contudo, ele não foi informado de que eu já estava lá. Foi uma grave falha de comunicação, que se deu em decorrência da troca de turno dos empregados do hospital, momento em que haviam deixado minha ficha de identificação embaixo da máquina de datilografia, sem que a equipe do outro turno tivesse conhecimento disso.

Diante desse desencontro de informações, Nara começou a nascer, e meu marido assumiu o comando da situação. Por fim, ela nasceu com quatro quilos, de qualquer jeito, sem anestesia e sem nenhum procedimento médico preparatório. Algo surreal e primitivo!

Agarramos Nara por nossa própria conta, com cordão umbilical e tudo, com muito medo de que ela caísse no chão. Mesmo diante dessa cena, meu marido não perdeu a cabeça: fez o que tinha que fazer e depois saiu gritando no corredor, implorando a presença imediata de algum médico, dizendo, ainda, que precisava de uma faca ou tesoura para cortar o cordão umbilical. Ele sempre foi um "cara de atitude"!

Depois dessa arruaça no corredor, meu médico ficou sabendo que estávamos lá. Levou muito tempo para que eu chegasse ao centro cirúrgico, pois ficava na outra ala do hospital, em outro andar. Passei três noites sem dormir, pensando no que poderia ter ocorrido com nosso bebê, caso precisasse de atendimento emergencial. O resultado desse estresse foi que, quinze dias após seu nascimento, minha boca ficou cheia de bolhas, uma espécie de herpes que tomava uma área muito grande ao redor dos lábios, pegando parte das faces. Eu não pude beijar minha filha durante um bom tempo.

Ao olhar para nossa prole, podem ser percebidas as diferentes combinações que a mistura de povos pode proporcionar: Mayumi é morena com cabelos bem pretos. Está mais para índia do que para japonesa ou italiana! Marina é bem branquinha com cabelos de japonesa, porém, bem mais claros. Leonardo se parece com meus primos da Itália, com nariz bem ocidental. Nara, a que nasceu por último, é a mais japonesa de todos os meus filhos. Obviamente, todos muito lindos, fato que toda boa mãe atesta quando se refere aos seus próprios filhos!

Bem, estava de bom tamanho a turma da casa. Chegamos à Bahia em dois e já estávamos em seis. Durante todo esse tempo, não parei de trabalhar e, além de tudo, comecei a faculdade de Direito, na Universidade Federal da Bahia (UFBA), alguns meses após o nascimento da Nara.

Não sei como consegui fazer tudo isso: quatro filhos pequenos, volta aos estudos, além de ocupar meu primeiro cargo de chefia no órgão em que trabalhava como funcionária pública, de carreira. Hoje, olho para trás e vejo que só um milagre pode ter ocorrido para que tudo isso acontecesse simultaneamente.

3.4 AS DIFICULDADES ECONÔMICAS DAS FAMÍLIAS BRASILEIRAS NA ERA COLLOR

Quando minha última filha nasceu, em 1986, a inflação alcançava índices inimagináveis. A situação socioeconômica do país não era nada boa. Vários planos econômicos do governo, instituídos para conter a inflação, tinham fracassado[3]. O presidente Collor, três meses após ter sido empossado, anunciou o pacote econômico chamado Plano Brasil Novo.

Esse plano teve como objetivo colocar fim à crise, ajustar a economia e "elevar o país do patamar de Terceiro para o de Primeiro Mundo". Como parte das ações que alcançariam essa meta, o Cruzado Novo foi substituído pelo Cruzeiro. Além disso, foram bloqueados, por 18 meses, valores com montante superior a Cr$ 50.000,00 encontrados nos saldos dos correntistas e detentores de cadernetas de poupança e demais investimentos.

Ainda que tivesse conseguido a redução da inflação, iniciou-se uma fase recessiva no país, com aumento do desemprego, fechamento de empresas, diminuição da produção, redução da jornada de trabalho e dos salários. Só em São Paulo, nos primeiros seis meses de 1990, 170 mil postos de trabalho deixaram de existir. Esse tinha sido o pior desempenho econômico do país, desde a crise do início da década de 1980.

Não bastasse tudo isso, a inflação elevada entrava em cena novamente com um índice mensal de 19,39%, em

---

3 Os planos econômicos editados pelo governo foram: Cruzado I e II (1986), Bresser (1987), Verão (1989), Collor I (1990) e Collor II (1991).

dezembro de 1990. Nesse contexto, o governo decretou o Plano Collor II, em 31 de janeiro de 1991. A recuperação da economia iniciou-se no final de 1992, após um grande processo de reestruturação do setor industrial. As empresas que quisessem permanecer no mercado tiveram que rever seus métodos administrativos, reduzir custos gerenciais, centralizar algumas atividades e terceirizar outras. Elas foram obrigadas a investir em automação para se tornarem competitivas: com menos empregados, teriam que produzir mais. Tratava-se da abertura do país para o mercado externo. Nessa conjuntura, em 1993, só na Grande São Paulo, havia 1 milhão e 200 mil trabalhadores desempregados.

Em que pesem tantos problemas pelos quais passou o povo brasileiro, o Plano Collor não atingiu diretamente minha família, pois tinha acabado de construir a casa de Vilas do Atlântico, no município de Lauro de Freitas, na região metropolitana de Salvador, e estava sem nenhum tostão no banco. Assim, nenhuma quantia me foi "confiscada" pelo governo.

Os maquiavélicos planos econômicos governamentais afetaram a saúde física e mental dos brasileiros, que passaram a ter sensação de impotência, desalento e desesperança. O medo de perder o emprego era o fantasma que mais assustava. Nessa década de 1990, a situação dos empregos entrou em colapso também no Polo Petroquímico, que sempre pagou bons salários, especialmente para quem era qualificado, como era o caso de meu marido.

As pessoas eram demitidas às levas. A insegurança era muito grande, e quem era do Polo não conseguia se recolocar no mercado de trabalho. Essa situação se assemelha àquela que se verificou no Brasil a partir de 2015, como decorrência dos desdobramentos da crise mundial iniciada em 2008, e das complicações decorrentes da crise política interna. Lembra, ainda, a crise que se está vivenciando na era da pandemia da Covid-19[4], que vem desestabilizando as economias brasileira e mundial.

As empresas do referido Polo, outrora bem-sucedidas, passavam para outras mãos, e quem as assumia tinha como tarefa principal demitir os empregados. Ocorre que quem demitia não queria nem saber qual era a importância das pessoas para o histórico da empresa, até porque, para elas, esse histórico não existia.

Assim, os empregados eram tratados de qualquer forma, sem o respeito e o cuidado que deveriam ser condizentes com a atuação do profissional durante décadas de dedicação ao trabalho. Meu marido chegava em casa me contando que tinham sido demitidos vários colegas que deram o sangue pela empresa. Ele me falou da situação de quase convulsão que presenciava ao ver os colegas serem dispensados. A demissão era verbalizada exatamente desta forma: "Você está velho e caro para a empresa. A partir de amanhã, não precisa mais vir"!

---

[4] A Covid-19 é o nome oficial da doença causada pelo novo coronavírus SARS-CoV-2 anunciado pela Organização Mundial de Saúde (OMS), em 11 de fevereiro de 2020. É uma infecção respiratória aguda, de elevada transmissibilidade e de distribuição por todos os continentes, especialmente a partir do início de 2020. Quanto ao significado da sigla, "CO" significa Corona; "VI" é vírus e "D" é Doença. O número 19 significa o ano em que essa doença foi referida pela primeira vez (2019).

A Era Collor causou uma sensação de tristeza, dor, apatia, baixa autoestima, frustração pessoal e profissional. Muitas famílias que viviam na Bahia voltaram para os Estados de origem. Outras, mesmo não sendo de origem baiana, ficaram no mesmo local, pois não conheciam melhor lugar para viver ou, simplesmente, não quiseram voltar "derrotados" para os locais de onde tinham vindo.

Em razão da instabilidade econômica causada pelo desaparecimento dos empregos, houve uma reação coletiva de pessoas da classe média – de pais assalariados e bem instruídos, que estavam perdendo seu poder aquisitivo – no sentido de buscar alternativas de ensino para seus filhos, mais baratas e sem perda de qualidade. Foi assim que surgiram as cooperativas de ensino.

Onde eu morava, foi criada a Cooperativa de Ensino de Vilas do Atlântico (Coopeva), mediante grande concentração de esforços de pais e filhos no processo de construção de um projeto educacional comum.

O movimento por uma escola melhor e mais barata foi muito bonito, pois todos arregaçaram as mangas e começaram a construir uma escola, desde seu alicerce, literalmente. Discutiu-se onde seria a nova escola, quais seriam seus objetivos e, principalmente, como se conseguiria viabilizá-la em curtíssimo prazo. Vale ressaltar que colocar os filhos em escola pública, naquela época, era o mesmo que deixá-los sem futuro, visto que o baixo nível educacional em que elas se encontravam era algo estarrecedor!

Essa situação era bem diferente do tempo em que estudei em escolas públicas. Naquela época, nas décadas de 1950 e 1960, consegui cursar o ensino básico e o 2º grau em boas escolas. A partir desse período até os dias de hoje, houve um desmonte completo do padrão educacional brasileiro. Pode-se correlacionar esse período com a Ditadura Militar, que, embora fosse nacionalista, deixou de alicerçar as bases da boa escola pública. Depois que esse período ditatorial se encerrou, em 1985, o grau de desmantelamento da educação pública brasileira continuou em ritmo galopante.

No caso da Coopeva, cuja experiência vivenciei de perto, na dupla condição de professora (de Geografia) e de mãe de quatro alunos, sempre existiram duas correntes que prevaleceram ao longo das discussões: uma queria um grau de excelência de ensino, e outra desejava baixar o valor das mensalidades escolares, pois o orçamento estava ficando curto. Rapidamente se percebeu que seria bem difícil conciliar essas duas lógicas, razão pela qual os conflitos de interesse eram grandes entre os pais que assumiram a aventura de criar e arrancar com suas próprias mãos os mecanismos, em bases economicamente sustentáveis, para garantir a melhor educação para seus filhos.

Em que pese a grande dificuldade de viabilizar um projeto dessa natureza, pode-se dizer que isso ocorreu da melhor forma possível, com grande contribuição e entendimento das crianças, pois logo perceberam que se tratava de uma escola diferente, na qual tudo tinha que ser construído, principalmente por elas. Assim, todos tiveram que sair de suas respectivas zonas de conforto para adotar outra postura diante da vida.

Meus filhos falam com saudades do tempo da Coopeva. É claro que, imediatamente, também se lembram do calor que passaram nos galpões de madeira, cuja estrutura foi a única possível de ser construída da noite para o dia, com o dinheiro que se conseguiu reunir. A escola improvisada não tinha piso no lado de fora, só areia, e, do lado de dentro, nas salas de aula, todos suavam muito, pois naquele calor baiano, durante algum tempo, não se contava com o auxílio de um ventilador ou ar-condicionado.

Nessa oportunidade, meus filhos foram meus alunos, e isso foi uma das coisas mais importantes para mim: tive a oportunidade de acompanhar a adolescência deles, de perto, pois eu conhecia os amigos com quem se relacionavam e via como era o comportamento deles fora do ambiente doméstico. Não há como mensurar a importância disso! Passei a adolescência dos meus filhos de forma muito segura, seguindo de perto o que se passava com eles.

Nem tudo, porém, é perfeito. Leozinho não se conformava em saber que, na hora do intervalo das aulas, eu tinha o relato completo dos professores quanto à sua postura na sala de aula: que ele tinha dormido, que não havia feito o dever de casa ou, mesmo, que conversou muito. Isso o deixava profundamente aborrecido. "É muito ruim ter uma mãe como professora!", não se cansava de dizer. Afinal, o tratamento que estava recebendo na escola não era equânime em relação aos demais colegas da sua turma!

No entanto, minhas filhas Mayumi e Marina não se importavam com isso. Elas achavam o máximo saber que sua mãe ocupava uma posição importante na cooperativa. Já a Nara, que era pequena, não se conformava por não ter sido minha aluna. Contudo, hoje ela fala com muita saudade das brincadeiras nas árvores de caju, pitanga e outras, nas quais ela e suas amigas subiam durante o horário do recreio, no meio do areal onde se instalou a Coopeva. Foram momentos inesquecíveis, de "grande construção" para todos os envolvidos!

Como tudo o que começa um dia acaba, a cooperativa de ensino passou por momentos difíceis, justamente porque as duas correntes de pensamento entravam em conflito a todo instante. Além disso, os alunos iam se formando e saindo da escola, de modo que se encerrou a experiência comunitária da família, que foi muito proveitosa enquanto durou. Vejo hoje, com muita alegria, que os alunos da Coopeva se deram muito bem! Todos cresceram do ponto de vista pessoal, e seguiram seus destinos! Muitos foram morar fora do Brasil em busca de boas oportunidades de formação profissional e de trabalho. Carregaram com eles a certeza de que depende deles a construção de seus caminhos.

Ainda quanto à questão da educação dos filhos, é importante registrar que, nessa época, as crianças de casa tinham muitas atividades extracurriculares, sendo que a matemática tinha um lugar de destaque. Meu marido solicitava material de exercício impresso de um método japonês para que as crianças pudessem se exercitar. Ele mesmo corrigia, diariamente, uma enormidade de exercícios feitos pelos quatro filhos e depois os reenviava pelo correio. Ele assumiu o comando dessa atividade extracurricular até o dia em que se instalou, em Salvador, uma escola que treinava crianças no referido método. Eu ficava impressionada com a paciência dele em fazer essas correções, mesmo depois de chegar exausto do Polo Petroquímico!

Além das aulas de circo, tênis, hipismo e matemática (das quais, algumas atividades eram exercidas, individualmente, conforme o interesse específico de cada criança), muitas outras atividades extracurriculares foram realizadas pelos quatro filhos, como inglês, espanhol, datilografia, redação, ginástica olímpica etc. Ninguém tinha folga durante a semana. A agenda era cheia, e isso despertava grande preocupação em minha mãe, que considerava excessiva a carga horária cumprida por seus netos.

De todas essas atividades, uma delas causou estranheza nos amigos da família: as aulas de datilografia. Não havia mais máquina de datilografia em funcionamento, pois já se vivenciava a era do computador! No entanto, meu marido conseguiu achar uma professora, em um bairro humilde de Lauro de Freitas, que ensinava como datilografar. Seu propósito com esse aprendizado era o de posicionar corretamente os dedos nas teclas do computador, e, para ele, esse era o melhor meio de se aprender isso! Enfim, as crianças sobreviveram a tudo isso e não ficavam ociosas um só momento! Eu nem sentia pena delas, pois, com tanta criança em casa, a qualquer hora havia espaço para brincadeiras!

Enquanto na vertente educacional os pais haviam descoberto uma saída por meio da criação da cooperativa de ensino, na parte profissional, quem era empregado continuou com a sensação de que, a qualquer hora, seu emprego poderia se evaporar. Esse era o caso da minha família, e, nesse ambiente de pressão, foram tentadas algumas experiências do tipo "ter um negócio próprio", mesmo que pequeno, como fonte alternativa de ganho. De qualquer sorte, eu tinha meu emprego no setor público, muito embora, com ele, não conseguisse fazer frente às despesas da casa.

Assim, eu e meu marido nos lançamos em diversas aventuras "empresariais": compramos um carrinho de batata frita; depois passamos a vender sorvetes em quiosques localizados em alguns clubes de Salvador; e compramos uma pequena *delicatessen* no bairro em que morávamos. Nada disso, antes, fazia parte do nosso dia a dia, razão pela qual a falta de experiência teve que ser suprida com muito trabalho e esforço familiar.

De tudo isso, um detalhe não pode faltar neste relato: o dia em que eu e meu marido resolvemos posicionar o carrinho de batata frita na festa do Bonfim, com um empregado que contratamos. Nunca me imaginei nessa função, na qual eu não me sentia nem um pouco confortável. Não deixou de ser curioso, especialmente porque acabamos comendo todas as batatas, já que, por falta de experiência, escolhemos um ponto péssimo, por onde passavam poucas pessoas. Logo em seguida, nos livramos desse carrinho, embora ele tenha se tornado o símbolo da nossa "ousadia empresarial".

Ocorre que, nessa mesma década de 1990, felizmente, meu marido não perdeu o emprego, muito embora essa possibilidade parecia, a qualquer momento, prestes a se concretizar. Desse modo, trabalhávamos duplamente: nos dias normais, como empregados, e, nos finais de semana, nos quiosques de sorvete, tendo o suporte das filhas Mayumi e Marina, que substituíam os funcionários que faltavam. Em uma família com tantos filhos, sempre haveria de ter alguém que pudesse substituir os empregados faltantes.

Nessa situação, as crianças sentiram a dor e a delícia de serem proprietárias de uma sorveteria: não valia, apenas, chupar os sorvetes estocados em casa, mas tinham que vestir a camisa e vendê-los em alguns sábados e domingos. Fizemos isso durante cinco anos de nossas vidas. Não tivemos férias nem finais de semana durante esse período. Não sabemos como sobrevivemos a esse massacre de trabalho.

Com essa experiência frente aos consumidores, as crianças maiores tiveram que aprender a lidar com todo tipo de gente: das mais educadas até as mais grosseiras e inconvenientes. Creio que elas acabaram ficando "vacinadas" em relação a certos tipos de pessoas, bem como aprenderam a se desvencilhar de situações desagradáveis. Tudo o que se faz na vida serve para muitas coisas. Tudo tem consequências, boas e más. Em nosso caso, as boas prevaleceram!

Posso concluir que a crise torna as pessoas mais espertas.

Diante do medo, elas passam a fazer coisas incríveis, quase impossíveis, podendo-se avaliar esse momento como de grande aprendizado e de substantivas guinadas.

Meu casamento com Takayoshi Ogata na Igreja da Granja Viana, em Cotia/SP, no dia 31 de julho de 1976, com meus sogros, Massatugo e Yuhiko, e meus pais, Vito Giuseppe e Filomena. Nessa mesma igreja, comemorei 40 anos de casamento com Takayoshi, em 2016, com a presença da família e dos amigos.

Capítulo 4: A geração dos meus filhos e sobrinhos

4.1 MAYUMI, VALMIR E OS SAMURAIS LEONARDO E TIAGO

Para compreender como vem se dando o processo de inserção de minha família no seio da sociedade brasileira, há a necessidade de se compreender os caminhos que cada um dos meus filhos vem trilhando na terra em que nasceram, e que tipo de vida têm levado esses netos e bisnetos de imigrantes.

Em 1978, ano em que Mayumi veio ao mundo, ainda que os brasileiros estivessem arrasados com a vitória da Argentina na Copa do Mundo, começava-se a ver alguma luz no fim do túnel em direção à democracia. A Ditadura Militar demonstrava sinais de cansaço, e, explicitamente, começava o período de abertura política. Em outubro desse mesmo ano foi eleito, pelo Colégio Eleitoral, o militar João Figueiredo para a presidência do Brasil.

De modo a dar andamento a esse processo político, foi editada a Emenda Constitucional nº 11, de 13 de outubro de 1978, que revogou os atos institucionais (inclusive o AI-5, de 1968), bem como extinguiu a pena de morte[1], a prisão perpétua e o banimento. Como consequência dessa emenda, abriu-se caminho para o retorno daqueles que foram banidos do território nacional por questões políticas.

Em 1978, surgiu um personagem de grande importância no cenário político brasileiro: trata-se de Luiz Inácio "Lula"

---

[1] Em 10 de setembro de 1969, as manchetes anunciavam que a pena de morte passava a ser instituída no Brasil para crimes contra a segurança nacional, através do Ato Institucional Nº 14 (AI-14). Ver a matéria disponível em: <http://m.acervo.estadao.com.br/noticias/acervo,ha-50-anos-ditadura-instituia-a-pena-de-morte,70003002951,0.htm>. Acesso em: 26 ago. 2022.

da Silva, que liderou a primeira greve dos metalúrgicos, cujo movimento conquistou muitos benefícios aos trabalhadores.

Depois dessa data, ninguém mais deixou de falar de Lula, pois acabou se tornando presidente do Brasil por dois mandatos consecutivos, de 2003 a 2010; tornou-se personagem frequente da mídia, inclusive na esfera judicial, nas investigações da "Operação Lava Jato", que levaram à sua prisão, em 7 de abril de 2018; na sua soltura, em 8 de novembro de 2019, um dia após o Supremo Tribunal Federal ter considerado inconstitucional a prisão em segunda instância; e na sua candidatura à presidência da República, em 2022, tendo sido eleito.

Enquanto a política dava mostras de que algo estava mudando positivamente, em 1978, inclusive com a restauração da liberdade de imprensa, do ponto de vista da economia a situação se complicava a cada dia com expressivo aumento da dívida externa, e foi nesse contexto político-econômico que Mayumi nasceu em Salvador.

Em sua infância e juventude, participava de campeonatos locais de tênis e cursou a Escola Picolino de Artes do Circo, durante quatro anos, destacando-se nas acrobacias, no monociclo e em outras atividades circenses, que desempenhava com muita categoria. Junto com a irmã Marina, acompanhou a equipe da Escola Picolino à cidade de Voiron, na França, local em que, anualmente, se encontram crianças de diversas escolas de circo do mundo.

Mayumi é muito prática em tudo o que faz. Não se estressava por não conseguir tirar boas notas na escola. Não virava a noite estudando e sempre equilibrava sua vida de estudante com suas outras atividades. Muitas vezes eu me via atarantada com tanta coisa para resolver, sem saber o que fazer para dar jeito em alguma situação que havia surgido de última hora, e ela sempre me dizia: "Por que você não faz assim...?". Incrivelmente, sua proposta era, de fato, a melhor alternativa a ser contemplada naquele momento. Às vezes, parecia que ela era a minha mãe.

Quando Mayumi foi morar no exterior em algumas fases da sua vida (na Espanha, no Canadá e nos Estados Unidos), seja em razão de estudo de intercâmbio ou para acompanhar o marido a trabalho, sua mala sempre foi muito leve, somente carregando o essencial. Não demonstra cansaço ou desespero diante de situações de urgência e emergência e sempre dá uma rápida solução para tudo!

Do ponto de vista profissional, desde que se formou em Direito, trabalhou comigo em nosso escritório de advocacia, em Vilas do Atlântico, bairro em que morávamos. Mesmo depois que ela se mudou para Maceió, aos 25 anos de idade, após seu casamento, continuamos trabalhando juntas na consultoria jurídica da área ambiental, fato esse que ocorre até os dias atuais. Que beleza poder viver no mundo da internet, por meio da qual você pode trabalhar de onde estiver!

Ao chegar a Maceió, Mayumi foi acolhida pelos parentes do marido com o calor que os nordestinos costumam dispensar aos amigos, familiares e turistas.

Agora sim, os imigrantes se abrasileiraram como manda o figurino! Mayumi, ao se casar com Valmir, logo se integrou à sua nova família, e toda a minha família se sente parte dos Pedrosa, Amorim e Albuquerque. Mais brasileiro do que isso, não há!

Dessa união, surge o primeiro neto, em 2005, descendente de japoneses, de italianos e de brasileiros nordestinos. Leonardo nasceu clarinho, com cabelos castanhos, muito parecido com seus primos alagoanos! Em princípio, nada dele lembra sua origem japonesa! Talvez os olhos, ligeiramente amendoados, conferidos sempre que alguém informa que ele tem ascendência oriental!

Meu neto nasceu 37 dias antes da morte da sua bisavó, minha mãe. Foi uma pena a Filomena não ter conhecido seu primeiro bisneto! Ela faleceu em Curitiba, e o Leozinho nasceu em Maceió. Estavam afastados um do outro por quase 3 mil quilômetros, não tendo sido possível fazer a interseção de suas vidas, nesses poucos dias em que foram contemporâneos!

Pouco tempo depois, em 2006, Valmir, Mayumi e o filho Leonardo passaram um ano na Califórnia, ocasião em que, como professor de carreira da Universidade Federal de Alagoas (UFAL), Valmir foi fazer seu primeiro pós-doutorado na área de hidrologia. Ressalta-se que ele é muito qualificado para o nível médio dos brasileiros. Estudou nessa universidade federal, fez mestrado e doutorado no Rio Grande do Sul, e pós-doutorado nos Estados Unidos (no Colorado e na Califórnia). Quando se casou com Mayumi, tinha 33 anos e era uma pessoa madura que queria ter uma família e filhos, além de se aperfeiçoar na carreira.

É importante destacar que quem vive em Alagoas, um dos Estados mais pobres do país, não consegue afastar de sua mente a necessidade de fazer algo pelo local em que nasceu. Assim, mesmo saindo várias vezes de sua terra natal, Valmir sempre retornou para Maceió. Na verdade, os nordestinos são muito apegados à sua terra e às suas famílias. Isso eu também constatei durante os 38 anos em que morei em Salvador, ao observar o comportamento dos meus amigos baianos em relação às questões familiares. Não é qualquer coisa que justifica deixar a sua terra. Do mundo global de hoje, o que lhes interessa é a qualificação profissional, procurando sempre retornar ao local de origem.

São movimentos migratórios permanentes e temporários, com objetivos distintos, mas que se fundem em um mesmo processo do mundo globalizado: a busca de melhores oportunidades de vida e de aperfeiçoamento profissional.

Quando Valmir, Mayumi e Leozinho estavam de retorno ao Brasil, depois de terem passado um ano na Califórnia, informaram que estava a caminho um outro *baby* na família. Era outro menino: o Tiago! Fiquei muito feliz com a notícia e mais ainda quando o conheci, ao vivo e em cores: muito lindo, com cara de indiozinho! Cabelos pretos e lisos, de pele morena! É preciso falar que ele tem origem japonesa, para que se possa fazer conexões para entender seu tipo físico.

Mayumi e os dois filhos voltaram novamente para a Califórnia, na cidade universitária de Davis, em 2015, para que o marido Valmir pudesse fazer seu segundo pós-doutorado em recursos hídricos. Nesse momento, Leonardo estava no final do primeiro grau e Tiago estava entrando na alfabetização. A situação do Tiago foi bem mais delicada do que a do Leonardo, pois ele teve que ser alfabetizado em inglês. Esse processo de mudança para um país novo, escola nova, tudo novo, sem falar a língua inglesa, foi algo muito difícil para a família.

Na sala de aula, Tiago expressou seu desconforto mediante várias ações de descontrole emocional, deixando todos preocupados. Diante disso, eu e meu marido fomos para lá ver de perto o que estava acontecendo.

Valmir e Mayumi foram chamados às pressas pela escola para conversarem sobre o comportamento do Tiago. Diante desses fatos, foi a primeira vez que vi Mayumi sair da situação de controle e tranquilidade que lhe é habitual. Ela chorou ao ver o sofrimento de seu filho e não sabia se ele superaria tudo aquilo, sem traumas. Ela e Valmir pediram ajuda para que ele pudesse superar esse momento difícil e se propuseram a desenvolver trabalhos voluntários na escola, que lhes permitissem acompanhar de perto as atividades dos dois filhos, com o objetivo de dar maior segurança a ambos. Ao final, Valmir virou professor de futebol e Mayumi apoiou as atividades da professora de educação física. A escola teve uma postura de colaboração e compreensão.

Pouco a pouco, Tiago se sentiu mais seguro, fato que ficou demonstrado pela liderança que exerce junto a um grupo de crianças. Ele foi convidado para a festa de aniversário de um colega da escola, sendo ele o único menino da sua turma a estar presente no evento. Esse pequeno imigrante sofreu, mas acabou superando as dificuldades a partir dos esforços de todos os que estavam a seu redor. Ressalta-se que, por ser mais velho e estar alfabetizado, bem como pelas suas características pessoais, Leonardo "tirou de letra" essa situação. Além disso, não se pode deixar de ressaltar que sua professora norte-americana, de origem italiana, era simplesmente adorável.

Com apenas três anos a mais que o irmão, nesse episódio, Leonardo se comportou como se fosse o "pai da criança", sempre atento àquilo que ocorria ao redor do Tiago. Que bênção ter um irmão! Uma criança precisa ter um irmão ou uma irmã, nem que seja para brigar!

Do ponto de vista migratório, Leonardo já morou duas vezes na mesma cidade de Davis (com 1 ano e aos 10 anos de idade) e voltou aos Estados Unidos, aos 16 anos, em plena época da pandemia da Covid-19, para fazer um intercâmbio de estudos, durante um ano. Atualmente, fala inglês como um nativo. Será que, a partir dessas experiências, ele irá se sentir disponível para migrar? Afinal, após falar outra língua e se comunicar constantemente com seus amigos de várias partes do mundo, sem dúvida nenhuma, se sentirá bastante confortável para encarar novos desafios fora da cidade de Maceió. Por sua vez, Tiago, depois dessa experiência, de igual modo, e principalmente por ter superado seu trauma inicial em terras estrangeiras, provavelmente também se sentirá disponível para migrar outras vezes. Seja o que for, o futuro a Deus pertence!

Além dessas aventuras no exterior, vale a pena ressaltar o histórico dos antepassados da família dos meus netos alagoanos, que se encontra registrado no romance *Capitão Belo*, escrito por Valter Pedrosa de Amorim, tio do Valmir[2]. Esse romance mostra o

---

2 Esse livro foi premiado em um concurso literário em Brasília e editado pela Fundação

apogeu e o declínio econômico e político da família, que chegou a ser proprietária de grandes canaviais em Alagoas.

O romance *Capitão Belo* deixa claro como se processavam aspectos do mandonismo no Brasil, em particular, aqueles existentes no mundo dos grandes latifúndios, com gente que detinha grande poder, a ponto de a Justiça não os alcançar. Como nada é eterno, o domínio sobre as terras e sobre os canaviais se perdeu ao longo do tempo, restando a falta de estudo e a certeza de ter que se submeter aos ditames da Justiça.

Assim, os descendentes do *Capitão Belo* se tornaram pobres, porém, em poucas gerações, conseguiram deixar para trás essa condição de penúria por meio da educação. Felizmente, nada é eterno e tudo pode mudar! A família do Valmir é atualmente conhecida pelo alto nível intelectual de seus integrantes. O pai do Valmir e seus quatro filhos têm nível universitário, com uma sólida carreira acadêmica, sendo que dois deles contam com doutorado e pós-doutorado no exterior. A educação tudo transforma. A educação pode tudo, ou quase tudo, e possibilita alçar voos inimagináveis, tirando as pessoas de um buraco profundo, conduzindo-as para uma vida melhor!

Assim, com o registro das origens da família do Valmir, tão bem relatado no romance *Capitão Belo*, e com o registro ora apresentado neste livro, meus netos alagoanos saberão de onde vieram e qual é o DNA histórico-cultural que os constituiu.

Cultural do Distrito Federal, em 1998.

4.2 MARINA, VINÍCIUS, A BAMBINA AYUMI E O SAMURAI BERNARDO

Marina nasceu em Salvador, em 1979, ano muito importante para a história da democracia brasileira, momento em que foi promulgada a Lei da Anistia. Tratava-se de uma anistia "ampla, geral e irrestrita" para todos os que tiveram seus direitos políticos cassados. Assim, começaram a voltar para o Brasil importantes figuras, a exemplo de Fernando Gabeira, Leonel Brizola, Miguel Arraes e José Dirceu. Contudo, do ponto de vista da economia, a situação do país não estava nada bem, já que a inflação chegava a 110%, em 1980[3].

Com dois meses de idade, Marina acabou indo para a creche, pois eu tive que voltar a trabalhar. Toda a minha família morava em São Paulo e eu não contava com ninguém de confiança para cuidar de uma criança tão pequena, em Salvador. Pensei em deixar o trabalho para cuidar dela. Ocorre que minha mãe e minha sogra me aconselharam a não desistir do trabalho e a deixá-la em uma creche bem recomendada. Essa alternativa foi considerada melhor do que contratar uma babá, pois não saberia como acompanhar o tratamento que essa pessoa daria ao meu novo bebê.

Assim, depois de tanta indecisão, acabei deixando a Marina e a Mayumi (que tinha 1 ano e meio) em uma creche. Eu ia amamentar meu bebê na hora do almoço e ficava um pouco com as crianças até o horário de retorno ao trabalho. Eu me

---

[3] Ver estudo de Júlio Cesar Bellingieri, *A economia no período militar (1964-1985): crescimento com endividamento.* Disponível em: <http://www.unifafibe.com.br/revistasonline/arquivos/hispecielemaonline/su-mario/9/16042010171928.pdf>. Acesso em: 16 set. 2018.

sentia mais segura desse modo, em um local onde havia muitas pessoas acompanhando a rotina das minhas filhas, onde seria mais fácil monitorar o que se passava com elas.

Marina cresceu e, dos 7 aos 17 anos, foi aluna da Escola Picolino de Artes do Circo, com a irmã. Ela se destacou como contorcionista dessa escola. Era uma menina muito tímida e com gênio muito forte. Parecia que carregava consigo a instabilidade emocional que atravessei durante a gravidez, em que eu chorava todas as noites em razão da hospitalização de meu pai e de meu marido, conforme relatei anteriormente.

Marina "se encontrou" no circo e se fortaleceu no desenvolvimento das atividades circenses. Seu desempenho era admirado tanto na realização da atividade individual de contorcionista como em sua atuação coletiva, a exemplo das acrobacias, nas quais a irmã se integrava e, também, se destacava.

Na atividade circense, a criança pode se machucar ou mesmo machucar as outras, caso não preste atenção no que está fazendo. A concentração é uma das características mais desenvolvidas nesse tipo de atividade.

As crianças da Picolino sempre frequentavam as páginas de jornais e revistas locais, com a divulgação das atividades dessa escola, que funciona em Salvador há quase quatro décadas. Iniciou suas atividades como escola particular e, depois de um tempo, passou a levar a arte circense às crianças carentes da cidade, em especial, às do Projeto Axé[4].

---

4 O Centro Projeto Axé de Defesa e Proteção à Criança e ao Adolescente (Projeto Axé) é uma organização privada sem fins lucrativos, criada em 1990, em Salvador, que realiza trabalho de defesa e educação da criança e do adolescente em situação de risco social.

A inserção das crianças de baixa renda na equipe da Picolino proporcionou uma grande oportunidade para os alunos conviverem com crianças que se encontravam em alto grau de risco social. Foi um período de grande aprendizado, pois era visível que a classe social não tinha a menor importância no que se refere às traquinagens realizadas na escola. Ninguém era melhor do que ninguém nessa matéria. É bem verdade que isso ocorreu porque os gestores da escola tudo fizeram para garantir a igualdade de tratamento entre todos os alunos.

A Escola Picolino transformou a tímida Marina em uma grande estrela, com domínio de palco e capacidade de improvisação, pois nada consegue ser 100% previsto nesse tipo de atividade. No circo, as crianças aprendem muitas coisas em um ambiente de muita alegria e descontração. De forma lúdica, são repassados importantes conceitos: que se está, o tempo todo, sobre o fio da navalha; que não se pode estar em situação de conforto; que a concentração é necessária; e que o coletivo constrói! Com toda certeza, essa atividade ajudou Marina a se sentir uma pessoa mais segura.

Assim, minhas filhas conseguem enfrentar com facilidade as situações novas. Parece que foram dotadas de um GPS que muda e se ajusta às novas situações de vida, com rapidez e facilidade. Isso é muito importante para viver esta vida louca, em que tudo muda, o tempo todo. O circo é uma escola e o melhor lugar para se compreender isso.

No entanto, minha mãe não se conformava com a escolha do circo como atividade lúdica e complementar à educação das crianças. Ela tinha medo de que Marina machucasse a coluna na hora da contorção. Além disso, ela sempre me dizia: "Tira essas crianças do circo, pois irão acompanhar a primeira caravana circense que aparecer. Acabarão saindo pelo mundo e deixarão vocês para trás". Resumindo, ela queria dizer, em outras palavras, que isso não era atividade que pais de juízo pudessem escolher para seus filhos.

Ao final, em 2004, com circo ou sem circo, todos os meus filhos tinham saído de casa: Mayumi se casou e foi para Maceió; Nara e Leonardo estavam em São Paulo para estudar; Marina tinha ido para o exterior, também por motivo de estudo. Para completar esse quadro, meu marido foi trabalhar na Venezuela. Assim, a casa de Vilas do Atlântico, outrora tão cheia de filhos e amigos, ficou vazia, restando uma enorme saudade de todos.

Nessa grande solidão em que me encontrava, minha mãe faleceu, enchendo meu coração de tristeza. Eu me vi completamente só durante um ano e meio. Parecia que alguma força superior afastava todos de mim! Pensei não sei quantas vezes em minha vida, desde que nasci até aquele momento. Refleti inúmeras vezes sobre o sentido de tudo!

Mais uma vez, o trabalho me salvou. Nessa época, tinha sido criada a Secretaria de Meio Ambiente e Recursos Hídricos, e eu estava à frente do processo de revisão da legislação ambiental do Estado da Bahia, trabalho que realizei com afinco e de forma participativa com os principais atores envolvidos. Todo esse trabalho foi recompensado, pois acabou se tornando subsídio para a edição da legislação que disciplina a gestão ambiental na Bahia, até os dias atuais.

Voltando ao histórico de Marina, é importante mencionar aspectos relacionados à sua formação e à sua carreira profissional. Ela entrou nas primeiras colocações do curso de Engenharia Química e, depois, em Engenharia Elétrica, em uma das mais conceituadas universidades públicas. Contudo, foi bastante desestimulada em razão de grandes períodos de greves que tumultuavam a continuidade dos estudos. Depois de uma dessas greves, que havia durado 100 dias, resolveu prestar novamente o vestibular em uma universidade particular, desta vez, para o curso de Ciências da Computação, e deixou os cursos que havia previamente escolhido.

Nessa época, Marina foi acometida por um problema de saúde que a afastou dos estudos e do trabalho pelo período de um ano. Ela se mudou para São Paulo, para morar com a *batchan* Yuhiko (a vovó japonesa), porque seu irmão tinha identificado uma pessoa que tinha uma clínica alternativa e que se propôs a curá-la. Marina sentia dores fortes na coluna e nos músculos, que a impediam de segurar objetos e de dirigir com segurança. Foram realizados todos os exames possíveis em Salvador, e nenhum deles revelava que ela tivesse algum problema.

O diagnóstico feito pela clínica alternativa de São Paulo revelou que ela tinha um desalinhamento na coluna e explicitou que o circo não tinha sido a causa desse problema, muito embora pudesse ter contribuído para piorar o quadro. Foi necessária a realização de atividades de realinhamento de sua coluna. Foi aventada novamente a questão da mistura de etnias como causa de seu problema físico. Na verdade, o tratamento a que se submeteu mais parecia algo de origem espiritual.

Seja como for, depois de um ano, ela ficou boa e voltou para Salvador, onde finalizou o curso de Ciências da Computação. Logo em seguida, conseguiu uma bolsa de estudos para se especializar em inteligência artificial na Universidade de Waseda, no sul do Japão, em Kitakyushu, bem perto da terra de origem da avó Yuhiko, em Fukuoka.

O mundo parece querer mostrar algumas coisas: minha sogra veio dessa região do Japão por causa das dificuldades financeiras, em busca de um mundo melhor. Sete décadas depois, minha filha volta para a sua terra para fazer pós-graduação em uma das melhores universidades japonesas, na área tecnológica.

A bolsa que Marina conseguiu foi ofertada por uma instituição japonesa, tendo sido selecionada pelo fato de ser descendente de imigrantes japoneses e porque morava em uma região brasileira que precisava de aporte tecnológico (região nordeste do Brasil). Depois disso, ela conseguiu mais uma bolsa, dessa vez de uma instituição norte-americana que, de igual modo, tinha foco na questão da tecnologia e no desenvolvimento regional. Nessa oportunidade, ela fez o curso de mestrado na mesma área e na mesma universidade do Japão. Ser descendente de família japonesa e morar na Bahia foram aspectos que fizeram toda a diferença nesses processos seletivos.

De forma impressionante, Marina se identificou muito com o estilo de vida que teve no Japão. Gostou de morar e estudar lá. Aprendeu a falar japonês e, se dependesse dela, não voltaria para o Brasil no final do curso de mestrado. Ficaria por lá para fazer o doutorado. No entanto, a instituição que ofereceu a bolsa de estudos exigia que ela retornasse ao seu país, onde deveria permanecer, no mínimo, por dois anos. Caso contrário, teria que arcar com todos os custos do curso.

O mais incrível disso tudo foi encontrar, na cidade de Fukuoka, em 2007, o mineiro Vinícius Soares, que se tornou seu marido em 2012. Vinícius estava no Japão fazendo um curso de Direito Internacional. Ele é um brasileiro resultante da fusão de povos (*melting pot*), assim como Valmir, meu genro alagoano.

Vinícius e Marina, ao terminarem seus respectivos cursos, voltaram ao Brasil e começaram a trabalhar em São Paulo, bem no momento em que se iniciava a forte crise mundial de outubro de 2008. Caso tivessem retornado ao Brasil um mês depois, teriam tido dificuldades para conseguir emprego, apesar de o presidente Lula ter acalmado a todos, dizendo que a referida crise não afetaria o Brasil.

Desde então, Vinícius trabalha em um escritório de advocacia na área empresarial, e Marina, por sua vez, trabalha como gerente de inovação tecnológica em uma empresa multinacional.

O casamento deles se deu no dia 3 de novembro de 2012. O grande evento foi celebrado na Igreja da Ordem Terceira de São Francisco, no Centro Histórico de Salvador, uma das igrejas mais lindas do Brasil colonial.

Foi um casamento inesquecível, não somente pela beleza da igreja, mas pela alegria de todos que viajaram de diversas partes do mundo para participar de um momento familiar de grande relevância e pela possibilidade que muitos tiveram de conhecer a velha Bahia. Vieram convidados da Alemanha (a tia Michelina e a prima Tanja); amigos do Peru e do México, que os noivos conheceram no Japão; meu primo Michele Gravina, que veio da minha cidade natal de Polignano a Mare; japoneses, que trabalhavam na empresa em que Marina e meu marido trabalhavam; e venezuelanos, com os quais meu marido se relacionava profissionalmente. Enfim, parecia uma convenção internacional da ONU, onde se falava alemão, japonês, espanhol, inglês e italiano, e todos se entendiam muito bem.

No nível nacional, participaram do casamento os parentes residentes em vários Estados brasileiros, especialmente em São Paulo, Paraná, Minas Gerais e Rio de Janeiro.

Em 2014, a família foi surpreendida com a magnífica notícia da gravidez de Marina, que foi comunicada durante o jogo da Copa do Mundo, no meio da partida Brasil X México, em que nenhuma das seleções fez gol. O gol foi da Marina e do Vinícius, que informaram sobre a vinda do novo bebê.

No dia 11 de fevereiro de 2015, chegou ao mundo, na cidade de São Paulo, a menina Ayumi, para o delírio das famílias mineira, japonesa e italiana. No ano de 2018, Marina e Vinícius tiveram mais um bebê, que se chama Bernardo.

4.3 LEONARDO E SARA

A maior parte do tempo em que estava esperando o nascimento de meu filho Leonardo, eu vivi no Japão (1981). Assim, tive a oportunidade de perceber como se dava o atendimento médico nesse país, em especial, o pré-natal.

O atendimento era massificado, sendo atendidas, simultaneamente, muitas pessoas em regime de mutirão. Foi bem estranho ter que dizer as coisas em público, no momento do exame clínico. No Brasil, o atendimento se dá em salas individuais, e lá no Japão, que é um país avançado, era "tudo junto e misturado". Esse mecanismo de atendimento de massa se dava sem demora da prestação do serviço. Os exames de laboratório eram feitos assim que a pessoa chegava ao hospital, e, até a hora do atendimento, já estavam prontos, com resultados conclusivos. Às onze horas da manhã, não havia mais ninguém nos corredores do centro médico. Todos já tinham sido atendidos. Ainda que sem privacidade, o serviço era eficiente e funcionava bem. Somente em alguns casos os exames eram realizados com atendimento individualizado, em salas separadas.

Ao completar sete meses de gravidez, voltei para o Brasil, e meu marido ficou no Japão até terminar o trabalho para o qual havia sido designado.

É importante ressaltar o alívio de estar fora do Brasil naquele início da década de 1980. A todo momento, eu recebia notícias de que alguém tinha perdido o emprego e das inseguras condições econômicas em que os brasileiros estavam vivendo. Eu e minha família nos sentimos privilegiados por estar distantes da triste realidade que se abateu sobre a economia, em cujo contexto o desemprego se alastrava como um rastilho de pólvora.

Do ponto de vista econômico, o país teve uma grande queda em suas exportações, em razão da recessão econômica mundial. Não se pode deixar de lembrar que a dívida externa do país crescia, ano a ano, cujo valor era difícil de ser financiado pelo capital externo, já que os investidores passaram a não mais subsidiar as economias emergentes devido à perda de crédito provocado pelo calote mexicano, após ter declarado sua moratória.

Pode se dizer que, no final de 1982, ano em que Leonardo nasceu, a economia brasileira se caracterizava como estagnada, apenas com um pequeno crescimento do Produto Interno Bruto (PIB) da ordem de 1,1%. Nesse contexto, e no final desse mesmo ano, o Brasil recorreu ao Fundo Monetário Internacional (FMI), que exigiu a realização de uma série de reformas de ordem econômica.

No ano em que Leonardo nasceu, além das graves questões econômicas, o país estava arrasado com sua derrota na Copa do Mundo. A Itália foi o país vencedor desse grande certame esportivo mundial. Não precisa nem dizer que minha mãe estava eufórica com esse resultado. Contudo, teve que se conter quando percebeu a gravidade da situação, ao notar o nível de decepção estampada no rosto de cada brasileiro, muitos dos quais, aos prantos!

Leonardo nasceu em São Paulo e passou a infância e o início da adolescência em Salvador, participando de campeonatos regionais de tênis e aprendendo a praticar esse esporte de forma estratégica e com o controle das emoções. Leonardo viajou muito pelo país, participando de campeonatos esportivos, e aprendeu a se virar sozinho em inúmeras situações.

Aos 15 anos, ele resolveu deixar a Bahia e se mudar para a Granja Viana para morar com a *nonna* Filomena, minha mãe. Estava preocupado em se preparar para o vestibular na área de ciências exatas ou tecnológicas. Passou a morar na mesma casa em que morei por duas décadas e entrou na mesma universidade em que eu estudei (na USP), tendo sido aprovado no curso de Física, repetindo, diariamente, o trajeto que eu fazia antes de me mudar para a Bahia.

Meu filho Leonardo teve a oportunidade de viver e conhecer bem os costumes da *nonna* Filó, pois morou com ela até quando ela faleceu. Hoje, ele relembra muitas das coisas que ela fazia, achando graça do estilo "Filomena de ser": sinceridade acima de tudo, doa a quem doer e desperdício zero (de comida, roupa ou de qualquer coisa). Não sei se a *nonna* influiu muito em seu comportamento, mas a verdade é que ele é bem econômico em relação às suas demandas de consumo e chega a ser franciscano no modo de ser, pois vive sempre muito bem com o que tem.

Leonardo se uniu à Sara, que, por sua vez, também é originária da mistura de povos. Seu pai é filho de imigrante português e neto de imigrantes italianos. Leo e Sara são proprietários de uma franquia que atua no segmento de adestramento de cães, desenvolvendo boas experiências nessa área, como pequenos empreendedores. Um ponto de destaque na carreira de ambos é o fato de terem adestrado o primeiro cão de serviço do Brasil, por meio do Projeto Cão Inclusão, com notícias veiculadas por importantes meios de comunicação, em 2015[5].

O treinamento de cães para cadeirantes é um dos focos do projeto social que realizam, auxiliando na mobilidade e no cotidiano de pessoas com deficiência física. Os cães de serviço para cadeirantes são treinados para ajudar os deficientes em tarefas do dia a dia, como abrir e fechar portas, chamar o elevador, trazer objetos (telefone, cobertor etc.), além de chamar outra pessoa da casa, em situação de emergência.

Além dos cães para cadeirantes, a franquia de Leonardo e Sara está se especializando em treinamento de cães de serviço para autistas, desenvolvendo comportamentos específicos. Um deles consiste em proporcionar o sono tranquilo do autista, mediante o contato físico com o cão, sem precisar dormir com os pais ou com outras pessoas. O contato com o cão também proporciona segurança para caminhar em locais públicos, impedindo o comportamento de fuga do autista (correr sem olhar para trás), quando está em crise. Desse modo, brincando, o cão poder tirá-lo do estado de crise, além de servir de facilitador social, a partir dos estímulos que esse contato autista e cão proporcionam.

---

5 Ver a experiência do Projeto Cão Inclusão, desenvolvido pela empresa "Tudo de Cão", no treinamento do primeiro cão de assistência do Brasil. Disponível em: <https://www.youtube.com/watch?v=jskQEFxD-Ds>. Acesso em: 29 ago. 2022.

Essa bela iniciativa vem se desenvolvendo a partir da integração da empresa de Leonardo e Sara com as ações de ONGs, que buscam recursos para viabilizar o adestramento desses cães, cujo período dura, em média, dois anos.

Após todo o processo de seleção genética, comportamental e de socialização, o cão vai para a última etapa do treinamento, que é a formação da dupla (cadeirante e cão de serviço), momento em que o cão passa por treinos ainda mais específicos para aprender a conviver com seu novo parceiro de vida. Ao final, o cão é entregue ao cadeirante e ao autista, sem custos, que passa a receber acompanhamento contínuo, com visitas periódicas durante todo o tempo de trabalho do cão, que dura de seis a oito anos.

Essa categoria de cão de serviço, conhecida como Cães de Assistência, não é muito conhecida, como ocorre com o cão-guia para cegos. Contudo, disposições legais sobre os Cães de Assistência começam a ser editadas em alguns Estados e municípios, sendo que, na esfera nacional, ainda não se verifica um disciplinamento específico que garanta a permanência desses cães em transporte, cinemas, escolas, restaurantes, centros comerciais, entre outros locais públicos, como ocorre com os cães guia, que, desde 2005, contam com normas nacionais que garantem a sua permanência em locais públicos.

Leonardo e Sara realizam um relevante trabalho social em prol dos deficientes físicos, que, no Brasil, contam com poucas iniciativas em seu favor!

4.4 NARA, JOÃO PAULO E A BAMBINA MARIA

Nara nasceu no ano em que o Brasil foi derrotado na Copa do Mundo e, mais uma vez, a equipe da Argentina foi vencedora (1986). Ela foi minha única filha que nasceu no período pós-ditadura. Vale lembrar que, oficialmente, a Ditadura Militar se encerrou em 1985, deixando o país com muitas dificuldades a serem vencidas.

Como se o Brasil não atravessasse todo o tipo de agruras, o primeiro presidente civil do país pós-ditadura, Tancredo Neves, ficou 39 dias internado e faleceu às 22h23 do dia 22 de abril de 1985, razão pela qual não chegou a assumir a presidência.

A nação viu-se perdida, pois a esperança de sair do caos político e econômico em que havia se metido parecia ter ido por água abaixo. Ninguém se esqueceu dos inúmeros boletins médicos anunciados pelo jornalista Antônio Brito, emitidos a partir do Instituto do Coração, em São Paulo, mediante os quais sempre se imaginava que seria ouvida a boa notícia de que o presidente teria alta. No entanto, o boletim médico nº 42 enterrou as esperanças dos brasileiros, que não conseguiram ver o presidente Tancredo Neves assumir a liderança do processo de reconstrução da nação. Sua morte prematura encheu o país de tristeza.

No dia seguinte ao da morte do presidente, viajei de Salvador para São Paulo, a trabalho. Como ninguém conseguiu trabalhar nesse dia, minha agenda foi cancelada e passei a seguir o caminhão do Corpo de Bombeiros que levava o presidente morto pelas ruas do Parque do Ibirapuera. Naquele momento, senti que o Brasil estava à beira do abismo, e ninguém ousava pensar como seria o dia seguinte. Logo quando se esperava, por mais de 20 anos, o retorno à democracia, todos assistiram atônitos a essa triste situação.

Assim, Nara nasceu em outubro de 1986, ocasião em que já se movimentavam as forças para eleger os deputados e senadores para elaborar a primeira constituição democrática após o término da Ditadura Militar. No dia 15 de novembro de 1986, pouco mais de um mês do nascimento da Nara, foi empossada a Assembleia Constituinte.

Essa Assembleia foi integrada por 559 parlamentares, sendo 487 deputados e 72 senadores, tendo Ulysses Guimarães como presidente dessa casa legislativa, que assim se pronunciou na abertura dos trabalhos:

> É um parlamento de costas para o passado este que se inaugura hoje para decidir o destino constitucional do país. Temos nele uma vigorosa bancada de grupos sociais emergentes, o que lhe confere nova legitimidade na representação do povo brasileiro. Estes meses demonstraram que o Brasil não cabe mais nos limites históricos que os exploradores de sempre querem impor. Nosso povo cresceu, assumiu seu destino, juntou-se em multidões, reclamou a restauração democrática, a justiça e a dignidade do Estado[6].

---

6 Informação disponível em: <http://www2.camara.leg.br/comunicacao/institucional/noticias-institucionais/ha-25-anos-era-eleita-a-assembleia-nacional-constituinte>. Acesso em: 14 abr. 2015.

Nesse momento, me deu uma grande vontade de fazer o curso de Direito, pois descobri, durante as discussões que se deram no decorrer do processo constituinte, que havia uma espécie de "buraco negro" entre quem trabalhava na área técnica e quem trabalhava na jurídica, quanto às temáticas "recursos naturais" e "meio ambiente", nas quais eu atuava profissionalmente.

Razões de outra ordem, também, me impulsionaram a fazer esse novo curso universitário. Eu tinha medo de ficar sem meu marido, que atuava em uma área de alto risco de explosão, já que trabalhava diretamente na planta de produtos petroquímicos. Além disso, havia o risco de contrair doenças operacionais em decorrência da exposição ao benzeno e a outras substâncias químicas. Diante de condição tão adversa, eu tinha pavor só de pensar em viver sem ele, com quatro crianças pequenas, sem ter conhecimento suficiente para proteger minha família caso algo lhe acontecesse! Com o conhecimento do Direito, eu me sentiria mais protegida. Foi o que pensei!

O curso de Direito durou cinco anos, e, nesse período, eu trabalhava o dia todo como funcionária pública de carreira, ocupando o cargo de gerente de recursos naturais em um órgão da Secretaria do Planejamento do Estado da Bahia. Fazia algumas disciplinas na faculdade em horários bem complicados, fora do expediente de trabalho, sem esquecer que tinha quatro crianças com menos de 8 anos, dentre elas, uma recém-nascida.

Não vou negar que tive muita sorte de poder contar com pessoas que me auxiliaram, destacando-se Sônia, que foi contratada para trabalhar em casa um mês antes de a Nara nascer. Ela trabalhou na minha casa por três décadas. Sem seu apoio, eu teria muita dificuldade para fazer muita coisa. É bem verdade que eu estudava tarde da noite, quando todos já tinham ido dormir. Eu acordava às seis da manhã e tudo começava de novo. Nos finais de semana, ainda conseguia estudar um pouco, enquanto meus quatro filhos brincavam entre si.

Não preciso nem falar como me sentia devedora de atenção a todos, em especial, à Nara, que ainda era muito pequena. No entanto, esse grande sacrifício pessoal e familiar teve importante retorno financeiro e profissional para minha carreira. Percebi que não se pode deixar de fazer as coisas somente para não ter que sair da zona de conforto. Há que se computar que tudo tem um preço e que nada vem de graça. Aprendi, também, que quando se quer algo, não existem obstáculos intransponíveis.

Não posso deixar de ressaltar que a estrutura familiar ajudou muito na realização do que eu queria alcançar. Quando se tem um marido que entende e colabora, pode-se ir muito longe. Isso aconteceu em casa, pois, mesmo trabalhando duramente, confinado no Polo Petroquímico, durante quase três décadas, ele não poupou esforços para me ajudar, especialmente no cuidado com as crianças, coisa que ele fazia com grande prazer.

A partir da nova visão profissional proporcionada pela integração da Geografia com o Direito, surgiram excelentes oportunidades no trabalho. Deixei temporariamente minhas funções de funcionária pública e me dediquei à consultoria internacional nas áreas de ordenamento territorial e direito ambiental. Foi nesse contexto que fui parar em Honduras, conforme relatei no primeiro capítulo deste ensaio, bem como realizei alguns trabalhos na Guatemala e Nicarágua.

Nessa mesma época, ainda como consultora, atuei junto ao Poder Público, no início da implementação das políticas nacional e estadual de recursos hídricos, trabalho feito com recursos de bancos internacionais de desenvolvimento. No caso da Bahia, o governo estadual tinha pressa na implementação dessa política pública, pois quase 70% de seu território se insere no clima semiárido, além de, a cada dia, surgirem novos casos de morte no campo em razão de conflitos pelo uso da água.

Mesmo gostando de ser consultora internacional, percebi que não queria perder minha carreira de funcionária pública e acabei retornando para assumir minhas funções. Nesse retorno, fui chamada para coordenar todo o processo de revisão da legislação estadual, integrando os aspectos legais, técnicos e institucionais envolvidos nas áreas de recursos hídricos, meio ambiente, ordenamento de território/gerenciamento costeiro, biodiversidade, entre outras áreas correlatas. Essa revisão foi necessária, uma vez que havia sido criada a Secretaria de Meio Ambiente e Recursos Hídricos, e, por essa razão, muitas coisas teriam que mudar do ponto de vista institucional, pois a temática ambiental passaria a ser comandada a partir de uma secretaria, em vez da fragmentação que anteriormente existia entre as pastas de planejamento, agricultura e infraestrutura.

Seja como for, não foi fácil encarar uma nova carreira, pois eu não tinha o menor traquejo em relação à temática jurídica, a não ser a paixão que me surgiu, de forma avassaladora, para entender o direito aplicável à área do conhecimento do meu interesse. Assim, eu me tornei novamente uma profissional principiante, aos 42 anos de idade, mesmo contando com o grau de mestre em Geografia Física e com várias experiências bem-sucedidas em estudos aplicados ao ordenamento territorial, desenvolvidos na Bahia e na zona costeira brasileira.

Ressalto, também, que eu e meu marido estávamos sempre às voltas com livros, e era assim que nossos filhos nos viam. Ele fez mestrado na Universidade Federal da Bahia (UFBA), em Tecnologias Limpas aplicadas à indústria. Vendo-nos constantemente com os livros em mãos, nossos quatro filhos estudaram por livre e espontânea vontade. Foi muito bom poder viver nesse ambiente de construção do futuro, com a participação de todos os membros da família!

Assim, nesse contexto, a Nara foi crescendo e, quando tinha 10 anos, ela resolveu experimentar uma aula gratuita de hipismo, no bairro em que morávamos. Dos 10 aos 17 anos, ela se dedicou intensamente a esse esporte. Tinha verdadeira paixão por cavalos. Não posso negar que ela se machucou algumas vezes; contudo, não ficava com medo de retomar à sequência do seu aprendizado.

Quando Nara evoluía de fase e precisava escolher um cavalo melhor, tinha muita dificuldade para se desapegar do cavalo com o qual "havia feito conjunto". Era difícil vender um para comprar outro. Quando isso ocorria, ela passava a ter fraco desempenho na escola, ficava triste, e isso era um drama para nós, que não podíamos pagar estabulagem e alimentação de vários cavalos. O preço de um já era muito alto.

Por causa do contato diário com os cavalos, ela disse que queria ser veterinária. A partir de então, foi derivando para a Medicina. Em resumo, foi a partir desse esporte que ela definiu sua carreira. Depois que ela entrou no curso de Medicina, nunca mais montou em um cavalo, pois sua profissão a consome intensamente todas as horas do dia.

É bem curioso que aquela menina que nasceu sem médico na hora do parto tenha se dedicado à medicina! Atualmente, ela é oftalmologista especializada em glaucoma (adulto e congênito) e catarata. A primeira especialidade foi escolhida para ser seu foco de atuação, depois que ela fez o curso nos Estados Unidos, por dois meses, por indicação da coordenadora do seu curso de residência médica. Durante todo o período dessa residência, e durante sua subespecialização em glaucoma, teve a oportunidade de atuar em hospitais públicos, em trabalhos voluntários com apoio de ONGs, sempre ajudando a quem precisa e sempre assistida por professores igualmente dedicados na missão de fazer o bem por meio do exercício de sua profissão.

No entanto, ao se interessar pelo curso de Medicina, Nara se deparou com um problema. Foram alteradas as regras de funcionamento do vestibular de 2005, no meio do processo de preparação dos alunos. Isso significava que as poucas vagas para Medicina da Universidade Federal da Bahia (UFBA) seriam reduzidas em 45%, a partir de julho de 2004, como consequência da adoção do sistema de reserva de vagas, também conhecido como "sistema de cotas". Essa decisão se deu como forma de reparação pela exclusão sofrida pelos negros ao longo da história vivida na Bahia, que recebeu grande contingente de africanos, cujos ancestrais trabalharam como escravos na cultura da cana-de-açúcar durante séculos. Essa unidade da federação conta com expressivo percentual da população negra, tendo sido um dos Estados pioneiros na aplicação das cotas raciais para garantir o acesso à universidade.

Na verdade, esse sistema passou a ser adotado em todo o país somente em 2012, quando foi promulgada a Lei Federal nº 12.711, que dispôs sobre o ingresso nas universidades e nas instituições federais de ensino técnico de nível médio, por meio da reserva de vagas das instituições federais de educação superior para estudantes que tivessem cursado integralmente o ensino médio em escolas públicas[7]. No preenchimento dessas vagas, 50% estavam reservadas a estudantes oriundos de famílias com renda igual ou inferior a um salário-mínimo e meio *per capita*, que eram preenchidas por

---

[7] Esse instrumento legal foi alterado pela Lei nº 13.409, de 28 de dezembro de 2016, para dispor sobre a reserva de vagas para pessoas com deficiência nos cursos técnico de nível médio e superior das instituições federais de ensino.

autodeclarados negros, pardos e indígenas, em proporção no mínimo igual àquela que foi verificada no último censo do Instituto Brasileiro de Geografia e Estatística (IBGE), órgão oficial de estatística do país.

Em tese, essa política de cotas partiu do seguinte pressuposto: quem estuda em escolas públicas fica sem chance de chegar às boas universidades e às escolas técnicas públicas, em razão da grande deficiência do ensino público durante as últimas décadas. Não dá para competir com crianças e adolescentes que frequentaram escolas de melhor qualidade.

Isso não se verificava com o ensino público na época em que eu era criança. Quem quisesse teria como acessar a porta da educação para o crescimento profissional. Contudo, nas últimas décadas, essas portas não estavam abertas para todos.

De acordo com a mencionada lei federal de cotas, de 2012, a revisão desse programa especial estava prevista para se dar no prazo de 10 anos. Ao serem avaliados os resultados decorrentes da implementação dessa política pública, constatou-se que não existem medidas de monitoramento que garantam uma análise completa da eficácia dessa Lei de Cotas. Contudo, ficou evidente que os dados analisados revelaram um incremento importante em relação ao ingresso de estudantes negros nas universidades federais. A análise dos dados referentes à implementação dessa política pública aponta a necessidade do seu aprimoramento para que possa ter mais efetividade na redução da desigualdade social e do racismo, que ainda assolam a realidade universitária e acadêmica brasileira[8].

Essas alterações referentes às cotas na educação se deram há menos de seis meses da data do vestibular da Nara, em Salvador, nos idos de 2004. Haviam sido alteradas as regras do jogo "no meio da partida". Diante dessa realidade, Nara resolveu migrar para São Paulo e fazer um ano de cursinho antes de prestar vestibular para Medicina. Foi morar com a *batchan* Yuhiko e, assim como uma migrante, sua vida tomou outros rumos e acabou deixando para trás o plano que tinha de estudar e fazer sua carreira profissional na Bahia, Estado em que nasceu.

Na verdade, ao migrar, seu mundo se abriu, pois teve a oportunidade de realizar seu doutorado na Faculdade de Medicina da USP, com desdobramentos de pesquisa em duas universidades norte-americanas (na Universidade da Califórnia, de San Diego, e Universidade Duke), na área de glaucoma.

Nara se casou em 2019 com João Paulo, que é médico oftalmologista, assim como ela. Ele é paulista, filho de pai alagoano e de mãe descendente de imigrantes sírios. Dessa união nasceu Maria, em pleno Natal de 2021, durante o difícil período da pandemia da Covid-19. Ela é o resultado da miscigenação de povos (crisol) na sua mais pura essência.

---

8 O Grupo de Trabalho de Políticas Etnorraciais da Defensoria Pública da União (DPU) publicou o estudo denominado *Pesquisa sobre a Implementação da Política de Cotas Raciais nas Universidades Federais*. A DPU requisitou informações às instituições públicas de ensino superior de todo o Brasil sobre a política de cotas raciais durante o período de 2013 a 2019. Essa pesquisa, que contou com o apoio da Associação Brasileira de Pesquisadores/as Negros/as (ABPN), encontra-se disponível em: <https://www.dpu.def.br/noticias-institucional/233-slideshow/70498-10-anos-lei-de-cotas-dpu-apresenta-no-senado-pesquisa-sobre-a-politica-nas-universidades>. Acesso em: 7 set. 2022.

4.5 MEUS SOBRINHOS

Eu e minha irmã Ângela nos casamos com Takayoshi e Higino, respectivamente descendentes de imigrantes japoneses e italianos. Higino era o protótipo do que meus pais queriam para suas filhas: tinha ascendência italiana e era "estudado" (com nível superior).

Por sua vez, na família Ogata, os três irmãos de meu marido se casaram com brasileiros descendentes de imigrantes japoneses. Assim, deu-se a união com pessoa da origem dos seus pais, do mesmo modo como aconteceu com minha irmã Ângela.

Na minha geração, minhas irmãs e meus cunhados e cunhadas se casaram, todos, com estrangeiros ou descendentes diretos de estrangeiros. Somente minha irmã Michelina estabeleceu família fora do Brasil, na Alemanha, onde vive. Todos – cunhados, cunhadas e irmãs – têm nível superior, nas seguintes áreas: Direito, Engenharia, Estilismo, Administração de Empresas, Relações Públicas, Educação Física, Biologia e Matemática.

Na geração dos meus sobrinhos, vale ressaltar que um terço deles mora no exterior, nos Estados Unidos e Canadá (em razão de casamento, estudo e trabalho) e na Alemanha (por ter sido o local de nascimento, de estudo ou de trabalho). Por sua vez, dos que estão no Brasil, três moram no Paraná (Londrina e Curitiba) e outros sete em São Paulo. Assim, constata-se que meus sobrinhos continuam morando nos Estados em que os imigrantes da família originariamente moraram.

Quanto ao nível educacional dos meus filhos e sobrinhos que vivem no Brasil, a maioria conta com diploma de nível superior, formada em diversas áreas: Direito, Física, Contabilidade, Administração, Design de Moda, Desenho/Animação, Engenharia, Enfermagem, Medicina, Física e Computação. Alguns deles atuam como pequenos empresários.

Entre os sobrinhos casados, chama a atenção o fato de a maioria se casar com brasileiros frutos da mistura de povos, do mesmo modo como ocorreu com meus quatro filhos.

Parece incrível, mas somente 88 anos depois de aportarem no Brasil, os primeiros imigrantes japoneses da família (Massaru e Shizue), em 1913, é que começou a correr sangue brasileiro nas veias de seus descendentes. Levaram quase nove décadas ou, pelo menos, quatro gerações, para que ocorresse uma efetiva integração, por laços de consanguinidade, com algum representante do país que os acolheu. Para efeito de cálculo, tomei como base a data de nascimento da primeira bisneta de Yuhiko e Massatugo, que nasceu em 2001, em Londrina, no Estado do Paraná.

Do lado da família Gravina, caso se considere a contagem de tempo a partir da minha chegada, em 1953, essa miscigenação se deu após cinco décadas, na terceira geração, caso se venha a computar, como marco, a data de nascimento de meu primeiro neto, Leonardo, em 2005, em Maceió.

Diante desse histórico, eu me pergunto: como é que no Brasil, um país considerado multiétnico, foi possível levar tanto tempo e tantas gerações para uma efetiva mistura de sangue com os verdadeiros brasileiros? Justamente para tentar encontrar uma resposta a essa pergunta é que me interessei em fazer as investigações que acabaram me direcionando a escrever este ensaio.

O curioso é que se diz que o Brasil é um país de imigração, onde convivem, sem grandes problemas, pessoas que chegaram dos mais remotos rincões do mundo! O que eu não tinha atentado é que, ainda que neste país convivam de forma relativamente harmoniosa pessoas de diversas culturas, levou muito tempo para verificar essa efetiva integração.

Durante décadas, o Brasil acolheu pessoas de diversos países que puderam cultuar suas religiões e seus costumes. Ninguém é obrigado a seguir uma regra rígida como conduta de vida. No entanto, esse rigor sempre existiu por parte das famílias dos imigrantes, exigindo que seus membros se comportassem como nos tempos em que viviam em seus países de origem.

Quanto à evolução da formação das famílias pelo casamento, no caso das primeiras levas de imigrantes japoneses, exigia-se que seus filhos se casassem com pessoas da mesma região ou província. Até as décadas de 1960 e 1970, não era frequente o casamento interétnico, pois se acreditava que isso poderia representar uma quebra na organização de um modelo familiar. Quem não seguia essa orientação é porque renunciava aos valores essenciais e à orientação tradicional[9].

Nos tempos de hoje, as pessoas acabam se globalizando da mesma forma que vem ocorrendo com a economia mundial. Por esses critérios, minha família é bastante global, fato que, em tese, pode facilitar a vida de seus integrantes em qualquer lugar do mundo. Meus pais e demais imigrantes da família deram os primeiros passos para conquistar o mundo.

Não se pode negar que os processos migratórios vulnerabilizam as pessoas, mas também as fortalecem para viver no mundo real. Concluo que migrar é preciso. É uma necessidade humana que se manifesta em decorrência de inúmeras razões, e não apenas por questões econômicas, embora sejam essas as que, aparentemente, mais induzem os deslocamentos populacionais de massa.

Ao final, em 2022, o saldo familiar era o seguinte: meus pais Vito Giuseppe e Filomena tiveram 3 filhas, 7 netos e 8 bisnetos; e, por sua vez, meus sogros Massatugo e Yuhiko tiveram 5 filhos, 15 netos e 16 bisnetos. A maior parte deles vive em terras brasileiras, no país que eles escolheram para migrar.

---

[9] *Cem anos de imigração japonesa: história, memória e arte.* Francisco Hashimoto, Janete Leiko Tanno, Monica Setuyo Okamoto (organizadores). Editora UNESP, São Paulo, 2008 (p. 172).

Meus filhos Leonardo e Marina (na parte superior),
Nara e Mayumi (na parte inferior), em São Paulo.
Foto de Takayoshi Ogata, julho de 2021.

Capítulo 5:

A chegada dos familiares ao Brasil

5.1 AS FAMÍLIAS GRAVINA E GIANNUZZI

Após verificar como vivem os descendentes dos imigrantes italianos e japoneses de minha família em solo nacional, faz-se necessário conhecer como, e em que condições, meus antepassados chegaram ao Brasil.

Os primeiros imigrantes da família Gravina chegaram em 1900. Nessa época, meu avô paterno, Michele, tinha 13 anos. Veio com seus pais, Francesco Gravina e Anna Maiellaro, e seus quatro irmãos.

A família Gravina saiu do Porto de Ancona, na Itália, em direção ao Brasil, pois, o porto de Bari, que fica a apenas 33 km ao norte da cidade de Polignano a Mare, não podia receber navios de grande calado. Naquela época, Nápoles e Gênova eram os outros portos por onde os emigrantes saíam da Itália.

Os Gravina chegaram à nova terra em um período de grande afluxo de imigrantes para o Brasil, dos quais 57% eram italianos (entre 1886 e 1900)[1]. Contudo, a maioria deles passava pelo Albergue de Imigrantes, localizado no Brás, e se dirigia para as fazendas de café situadas a oeste do Estado de São Paulo, nas proximidades do eixo das ferrovias Paulista e Mogiana, na proporção de 9 entre 10 recém-chegados[2]. Meus parentes, contudo, permaneceram na

---

[1] "Em 1906 podia-se afirmar que, dos 300 mil habitantes de São Paulo, metade era composta de italianos das mais diversas condições econômicas, desde milionários até mendigos", conforme esclarece o texto extraído do livro *Italianos no Brasil: Andiamo in "Merica"*, de Franco Cenni, São Paulo, Editora da Universidade São Paulo, 2011 (p. 287).

[2] *Migraciones Trans-Atlánticas: desplazamientos, etnicidad y políticas*, org. de Elda González Martínez e Ricardo González Leandri. Ed. Catarata, Madri, 2015 (p. 200-1).

cidade de São Paulo. No ano em que chegaram ao Brasil, a migração foi regulada e contratada pelo Governo do Estado de São Paulo. Nesse período, chamava a atenção o fato de passarem a vir para o Brasil os imigrantes do sul da Itália (que é o caso de meus parentes, que vinham da Puglia), pois, até então, havia a primazia dos emigrados do norte do país: Vêneto, Piemonte e Lombardia[3].

Dois anos após essa chegada de minha família a São Paulo, a Itália proibiu a imigração subvencionada para o Brasil. Isso significou que o governo italiano não mais custearia as despesas relacionadas à ida de emigrantes para esse país. Somente para se ter uma ideia, o percentual de italianos se reduziu de 56,9% (entre 1886 e 1900) para 23,8% (entre 1901 e 1920)[4]. Contudo, nada impedia o fluxo de migração espontânea, que continuou acontecendo.

A família Gravina morou na rua Benjamin de Oliveira, no Brás. Nesse início do século XX, São Paulo contava com 250 mil habitantes, aproximadamente.

De acordo com o depoimento de meu tio Donato (irmão do meu pai, falecido em abril de 2022, na cidade de Polignano a Mare), meu avô Michele trabalhava no Brás como vendedor de jornais. Nessa época, era comum aos jovens italianos exercerem essa profissão. A venda desse produto era feita nas ruas, de casa em casa e, sobretudo, nos estribos dos bondes,

---

3 *Italianos no Brasil: "Andiamo in 'Merica'"* (op. cit., p. 219-220).
4 Dados estatísticos obtidos no artigo "Italianidad en las zonas rurales de São Paulo", de Oswaldo Truzzi e Rogério da Palma, extraído do livro *Migraciones Trans-Atlánticas: desplazamientos, etnicidad y políticas* (op. cit., p. 21, 219).

pois não existiam bancas de revistas naquela época. Era um verdadeiro exército de meninos de 10 a 15 anos (faixa etária de meu avô) que levava a mercadoria pendurada no ombro, com uma correia de couro, pulando de um bonde para outro, mesmo com as viaturas em movimento, apregoando as notícias mais sensacionais do dia[5].

Depois de 10 anos no Brasil, a família Gravina teve que retornar à Itália por causa do chamado do governo italiano, que convocou meu avô, na época com 23 anos, para servir à guerra. Tratava-se do *rimpatrio gratuito,* mediante o qual a família retornaria à Itália, com todos os custos da viagem pagos pelo governo italiano.

Assim, meu avô Michele, junto com seus pais, irmãos e irmãs, deixou a então pacata cidade de São Paulo para integrar a Marinha Italiana, que seria levada à costa da Líbia, com o objetivo de lutar contra esse país e a Turquia. Essa guerra, também conhecida como Guerra Ítalo-Turca, começou em 29 de setembro de 1911 devido às aspirações imperialistas da Itália sobre os territórios líbios (de Tripolitânia e Cirenaica) e sobre o arquipélago turco do Dodecaneso (no Mar Egeu). A Itália resolveu tomar esses territórios à base da força e acabou sendo vencedora desse conflito, em 18 de outubro de 1912, quando essa guerra acabou.

Meu avô não morreu nessa guerra, muito pelo contrário, foi condecorado por ter participado de batalhas que levaram

---

[5] *Italianos no Brasil: "andiamo in 'Merica'"* (op. cit., p. 281-2, 285). O estudo faz referência aos "bareses", aqueles que vieram de Bari, a capital da província da Puglia, onde se situa a cidade de Polignano a Mare, de onde veio a minha família.

à vitória da Itália[6]. Ele veio a falecer aos 54 anos, por outras razões, em Polignano a Mare, sua terra natal. Seja como for, mesmo tendo falecido jovem, contou com duas grandes aventuras em seu currículo: a de ter vivido no Brasil na primeira década do século XX e a de ter lutado na guerra contra a Líbia e a Turquia, nos primeiros anos da década seguinte.

Entre o período em que meu avô esteve no Brasil (de 1900 a 1910) e minha vinda para o território nacional (1953), deu-se a chegada do tio de minha mãe, Giuseppe Simone (irmão de minha avó), em 1943, dando sequência à saga de minha família no Brasil. Ele tinha um sítio no km 23 da rodovia Raposo Tavares e acredito que, por causa dele, meus pais escolheram esse cantinho para morar, local em que até hoje minha família vive.

O tio Giuseppe Simone, por sua vez, chamou meu tio Pasquale Giannuzzi (irmão de minha mãe), que chegou ao Brasil em 1949, aos 24 anos de idade. Uma das coisas que ele fez, assim que chegou, foi puxar carroça de garrafeiro, comprando materiais usados, como garrafas, jornais, revistas, papelão, metais etc. No entanto, ele não ficou muito tempo trabalhando nessa profissão, pois logo se tornou dono de seu próprio depósito de ferro-velho, passando a comprar materiais de outros garrafeiros. Aprendeu rapidamente o mister desse ofício e deslanchou como pequeno empreendedor. Trabalhava duro

---

[6] Meu avô Michele Gravina foi homenageado pelo Reino da Itália com uma medalha de bronze e uma certidão assinada pelo ministro da Marinha Italiana, em 24 de novembro de 1913, por ter participado dessa Guerra, da qual a Itália foi vencedora. A referida certidão se encontra apresentada na Figura 7, dos Anexos.

para gerenciar a compra desse material, que seria reciclado pelas indústrias de São Paulo.

Graças a meu tio Pasquale foi possível a vinda de minha família ao Brasil. Ele assumiu a responsabilidade perante as autoridades brasileiras, mediante a assinatura da Carta de Chamada[7]. Nessa carta, ele se comprometia a garantir os meios de subsistência e a moradia de minha família. O conteúdo dessa carta mostra que meu tio tinha tirado a carteira de identidade Modelo 19, quatro anos antes de minha chegada ao Brasil. Consta nessa Carta que sua profissão era doceiro e que morava em Pinheiros, na cidade de São Paulo. Na Itália, ele era pequeno agricultor, assim como todos os membros de minha família. Meu tio Pasquale foi o apoio emocional e financeiro de toda a minha família no Brasil. Ele ficou muito feliz por poder reconstruir sua vida familiar, pois vivia sozinho e, a partir de então, pôde contar com a presença de sua irmã (minha mãe), que fazia aquela macarronada com a receita da *mamma*, lavava sua roupa, e, ainda, com o beijo e o carinho de suas duas sobrinhas.

Assim, o tio da minha mãe chamou meu tio Pasquale, que, por sua vez, chamou meu pai e minha mãe, formando uma corrente que reuniu parte de meus parentes em "terras americanas".

Assim que cheguei ao Brasil, meu pai trabalhou como mecânico, vendedor de flores no Largo do Arouche e, logo em seguida, no depósito de ferro-velho, junto com o tio Pasquale.

---

[7] Ver a Carta de Chamada na Figura 8, nos Anexos.

O tio Lalino (como era carinhosamente chamado meu tio Pasquale) casou-se com a italiana Carmela. Seu casamento sofreu resistência por parte de minha *nonna* Ângela, que esperava que seu filho se casasse com uma italiana conhecida da família. Assim, não bastava ser italiana: tinha que ser conhecida, da mesma região da origem familiar. Essa pressão não adiantou nada, pois meu tio gostava da napolitana Carmela, com quem se casou e teve três filhos: Ângela, Mariana e Vito Michele. Este último faleceu aos cinco anos de idade e deixou a família em estado de tristeza profunda. Sete meses após a sua morte, meu tio veio a óbito, deixando minha tia Carmela viúva e minhas duas primas órfãs de pai, ainda pequenas.

Mesmo que meu tio tivesse morrido jovem, aos 48 anos de idade, com o resultado do seu trabalho no depósito de ferro-velho, ele conseguiu deixar um patrimônio capaz de abrigar a todos: esposa, filhas, netos e bisnetos. Eles são os únicos parentes que tenho no Brasil e, também, moram na Granja Viana.

Assim como todas as famílias descendentes de imigrantes, houve miscigenação dos Giannuzzi em terras brasileiras: Ângela se casou com um brasileiro da família Pedrosa, de Minas Gerais, e Mariana se casou com um ucraniano, da família Dyzarz. A primeira teve três filhos, e a segunda teve uma filha. Todos os descendentes de minhas primas se casaram com brasileiros, sendo que uma das netas de meu tio se casou com um brasileiro afrodescendente. Entre os netos e bisnetos da tia Carmela, podem ser encontradas crianças loiras de olhos azuis, bem como morenas claras de cabelos cacheados, mostrando que os Giannuzzi se miscigenaram verdadeiramente, assim como os demais descendentes da família Gravina.

O fluxo migratório dos meus parentes, da Itália para o Brasil, parou em 1953, com a minha chegada. Os demais ficaram na minha cidade natal, local em que residem até hoje.

Tudo indica que o difícil período pós-guerra foi se dissipando, e novas oportunidades econômicas, com a nova fase de crescimento econômico mundial, voltaram a surgir na Itália e no restante da Europa. Provavelmente, meus pais se precipitaram em tomar a decisão de migrar ou, talvez, a culpa foi das batatas, que não vingaram nos dois anos consecutivos de cultivo, por conta dos agitos voluntariosos das águas do Mar Adriático. Na verdade, meus parentes de Polignano a Mare não se deixaram seduzir pelas histórias de além-mar.

5.2 A FAMÍLIA OGATA

Os primeiros imigrantes da família Ogata chegaram ao Brasil em 1913, vindos de Kumamoto, sul do Japão[8]: Massaru Ogata (25 anos) e Shizue Tsukumi (20 anos). Assim que chegaram à nova terra, foram morar em Guatapará, em uma fazenda de café perto da estação Brodosqui, da antiga Companhia Mogiana de Estradas de Ferro, no interior do Estado de São Paulo. Até então, nunca tinham visto um pé de café.

---
8 Ver localização da cidade de Kumamoto no mapa do Japão, na Figura 9, dos Anexos.

Nessas fazendas, era comum ouvir o som emitido pelas onças, e todos morriam de medo da ferocidade desse animal, até porque as casas contavam apenas com um tecido de saco pendurado no lugar da porta, como forma de proteção.

Depois de dois anos morando nessa localidade, a família Ogata foi para Cafelândia, perto de Lins, também em São Paulo, mais precisamente para a Fazenda Hirano. Ficou pouco tempo nessa fazenda, porque se assustou com a quantidade de pessoas que morriam de febre amarela, doença que grassava nessa localidade e em outros pontos do interior de São Paulo.

A quantidade de mortes era tão expressiva que mal dava tempo de preparar os caixões. Como não conseguiam dar conta de construir tantas urnas funerárias, os imigrantes japoneses começaram a enterrar seus mortos no baú de bambu em que tinham trazido os pertences durante a viagem para o Brasil (*yanaguigory*). As pernas eram dobradas para poder entrar uma pessoa por baú.

Os vizinhos se davam conta de que famílias inteiras tinham morrido quando não mais viam fumaça saindo das chaminés das casas, durante alguns dias. Diante desse drama, e considerando que não havia médico para prestar socorro a tantas vítimas, o governo japonês prestou ajuda em dinheiro para os japoneses. Conseguiram sobreviver, nesse local, apenas 10 famílias[9]. Isso ocorreu pouco antes de 1920, sete anos após a chegada da família Ogata ao Brasil.

---

9 Informação trazida por Yuhiko Tsukumi Ogata, que mencionou fatos vivenciados pelos seus sogros, Shizue e Massaru Ogata.

Essa situação lembra o que tem ocorrido com a pandemia da Covid-19, na Itália, no Brasil e em muitos países do mundo, devido ao colapso dos sistemas de saúde e funerário. Como se vê, há um século o Brasil passou por esse mesmo turbilhão de problemas sanitários, com muitos mortos e sem estrutura para enterrá-los.

Diante dessa tragédia, a família Ogata saiu de Cafelândia com destino à localidade de União, situada a 4 km da cidade de Guaiçara, carregando seus pertences em uma carroça puxada por bois (*guiusha*).

Massaru e Shizue, com medo de tudo o que viram, preferiram perder a terra que tinham acabado de comprar. Sem dinheiro e sem terra, Massaru começou a trabalhar como empregado em uma empresa de tesouras. Depois de dois anos nesse trabalho, conseguiu comprar outra fazenda de café (Fazenda União), em sociedade com o cunhado, onde cada um ficou com 24 hectares.

A venda da produção dessa fazenda foi delegada a um japonês amigo da família, que vendeu todo o café e não repassou o dinheiro dessa venda. Era comum entre os imigrantes japoneses a excessiva confiança em seus conterrâneos. Afinal, em quem deveriam acreditar: nos brasileiros e demais imigrantes, que tinham acabado de conhecer, ou em um japonês? Com base nesse raciocínio, era muito fácil um japonês lesar outro japonês, pois deixavam de tomar certos cuidados e acabavam virando presa fácil de patrícios inescrupulosos. Demorou muito para que os imigrantes entendessem que gente inescrupulosa existe de todas as nacionalidades.

O indicativo de que o "suposto amigo" teria agido de má-fé com a família Ogata veio pela notícia de que ele costumava enviar vultosas somas de dinheiro para seu pai, no Japão. Em sua terra natal, todos diziam que ele se tornara um homem muito rico. Quando seu pai tomou conhecimento de que seu filho lesava outros imigrantes japoneses, suicidou-se de tanta vergonha.

Massaru e Shizue moraram 30 anos na Fazenda União, onde ocorreu esse episódio. Tiveram 8 filhos, nascidos durante a década de 1920 e início da década de 1930: Yoshiko, Isao, Massatugo, Titoce, Massako, Yoshio, Shogo e Sueco.

Alguns desses filhos tiveram vida curta: Yoshiko faleceu quando tinha apenas 1 ano de idade (não se sabe de que morreu); Isao teve sérios problemas de saúde, que foram imputados à prima de sua mãe, por tê-lo derrubado ao chão acidentalmente quando ele tinha 5 meses de idade. Ele não falava, nunca pôde trabalhar e faleceu aos 42 anos. Outro membro da família que veio a falecer cedo foi Massako, que morreu de derrame aos 40 anos.

Entre os filhos que tiveram maior longevidade, cita-se o caso de Massatugo (meu sogro), que faleceu aos 78 anos (em 2000); Shogo, aos 76 anos (em 2006); e Yoshio, aos 86 anos (em 2014). Todos faleceram em razão de problemas cardíacos. Dessa geração, em 2022, Sueco é a única dos irmãos que está viva, com 89 anos de idade, e que, até antes da pandemia de Covid-19, ensinava dança japonesa.

Massatugo, o filho mais velho de Massaru e Shizue, nasceu em Lins e estudou em São Paulo. Aos 16 anos de idade, teve que retornar à fazenda, pois seu pai havia sofrido muitas queimaduras no corpo em decorrência de um acidente. Diante dessa realidade, Massatugo teve que garantir o sustento da família por ser o primogênito, cumprindo, à risca, a tradição japonesa. Mesmo com muitas dificuldades, conseguiu bancar os estudos de um dos irmãos, que se formou em Odontologia. Assim, nessa geração, só um conseguiu diploma de nível superior.

A família Ogata, desde o período em que morou na Fazenda União, combinou com a família Tsukumi que os filhos Yuhiko Tsukumi e Massatugo Ogata, primos em segundo grau, iriam se casar. Trata-se do casamento arranjado pelos pais, conhecido pelo nome de *miai*, expediente tradicionalmente adotado entre as famílias japonesas daquela época. Eles foram prometidos um para o outro assim que Yuhiko chegou ao Brasil. Ambos somente souberam do combinado quando a "noiva" completou 18 anos. Em 1947, eles se casaram, quando ela tinha 22 anos e ele, 26.

Depois de três anos de casado, Massatugo foi para Londrina levar de caminhão a mudança de um amigo. Ficou encantado com o que viu: uma região pioneira, muito próspera, com belos cafezais. Assim, sem falar nada para ninguém, comprou um sítio em Londrina e para lá levou toda a família.

Em poucos anos, a família Ogata prosperou financeiramente nas fazendas do Paraná. No entanto, o dia 4 de agosto de 1954 foi o marco da desestabilização econômica da família. A geada destruiu o cafezal e, como consequência, comprometeu todo o patrimônio familiar. Nessa época, muitas pessoas se suicidaram, pois tinham dívidas no banco impossíveis de serem saldadas nas condições financeiras em que ficaram.

As crianças da família Ogata, que nasceram durante a boa fase econômica, tinham muitas fotos. Depois da derrocada econômica, ficou uma lacuna no registro fotográfico do crescimento dos outros filhos. Alguns ficaram praticamente sem fotos, pois, daí para frente, não podiam se dar ao luxo de tirar fotografias, quando não se tinha nem mesmo o que comer. Antes da geada, a família tinha muitas casas alugadas, a fazenda de café, além de outros bens móveis e imóveis. Depois da geada, só restou a pobreza!

Takayoshi (Leo), o filho mais velho de Massatugo, foi para São Paulo fazer o vestibular para tentar uma vaga na Faculdade de Engenharia Industrial (FEI), em São Bernardo, localidade situada na Grande São Paulo. Nesse período, ele ficou na casa da tia Sueco e do tio Francisco, que prestaram todo o apoio de que ele necessitava para estudar.

Assim que houve condições de pagar o aluguel de uma casa, a família Ogata mudou-se para São Paulo, em 1970. Quinze anos depois, toda a família se mudou para outra casa no mesmo bairro, comprada pelo filho Takayoshi.

Chegando em São Paulo, Massatugo, outrora bem-sucedido fazendeiro de café, passou a sustentar a família trabalhando como motorista de táxi, com ponto na estação do

Metrô Conceição, profissão que exerceu até falecer, em 2000. Apesar das dificuldades pelas quais passou, nunca perdeu o bom humor. Até hoje, seus amigos do ponto de táxi falam dele, com muitas saudades!

5.3 A FAMÍLIA TSUKUMI

Depois da família Ogata, aportaram em Santos, em 1936, os membros da família Tsukumi. Nesse momento, chegou Yuhiko Tsukumi, aquela que se tornaria minha sogra e a principal informante sobre os fatos que se encontram aqui relatados. Yuhiko nasceu em Hakata, em Fukuoka[10], no sul do Japão, em 1925. Aos 6 anos de idade, teve que se mudar para Myazaki por causa do trabalho de seu pai, que era carpinteiro. Nessa localidade, cursou o ensino básico até o 6º ano da escola japonesa. Em 14 de novembro de 1936, a família saiu do Porto de Kobe e, depois de 45 dias, chegou ao Brasil, prestes a completar 12 anos.

O navio Santos Maru, que trouxe a sua família para o Brasil, parou em Hong Kong, Cingapura, Colombo, Durban, Cidade do Cabo, Rio de Janeiro e Santos. De porto em porto, ela apenas desceu em Cingapura, onde comprou um abacaxi, ficando o tempo todo dentro do navio. A viagem foi muito demorada, cansativa, com muitas expectativas.

No momento da chegada a Santos, a família Tsukumi foi recepcionada pela família Ogata, que tinha aportado no país

---

10 Ver localização da cidade de Fukuoka no mapa do Japão, na Figura 9, dos Anexos.

há pouco mais de duas décadas. Nessa ocasião, a boa surpresa foi perceber que, na operação de câmbio, o dinheiro japonês valia muitos réis. A base de troca era, mais ou menos, a seguinte: para cada 10 ienes, recebiam 50 mil réis, de acordo com as lembranças de Yuhiko.

No Porto de Santos, assim que os imigrantes desciam, já se sabia para onde iriam. Cinco famílias japonesas, que tinham vindo no mesmo navio Santos Maru, foram levadas para a Fazenda Santa Lúcia (400 alqueires), perto de Cravinhos, em São Paulo, onde se plantava café há 75 anos.

Nesse ano de 1936, as passagens dos imigrantes eram pagas pelo governo japonês. No caso da família Ogata, que chegou em 1913, era o governo brasileiro ou os cafeicultores que bancavam as despesas do deslocamento marítimo entre as cidades de Kobe e Santos.

O governo japonês, especialmente depois do *crash* mundial de 1929, passou a veicular a propaganda de que o Brasil era o país do futuro, de que tudo nesse país era bom e que as pessoas tinham a oportunidade de ficarem ricas. De acordo com essas notícias, não tinha erro: era só ir para o Brasil que, em cinco anos, retornariam ao Japão com muito dinheiro no bolso!

No entanto, nessa mesma época, alguns migrantes já estavam voltando para o Japão e, ao se encontrarem com os emigrantes que se dirigiam em sentido contrário, no momento em que as embarcações se encontraram em algum dos portos do trajeto Kobe-Santos, deram depoimentos altamente preocupantes:

Não tem como viver, por isso nós estamos voltando. Há muitas pessoas que querem voltar, mas estão sem recursos, impossibilitando o retorno. Não tem pagamento dos patrões e, por isso, os agricultores não têm como sobreviver. Como não conseguem vender o café colhido, os patrões também não têm dinheiro. Para este ano, também não tem perspectiva (...). Desse jeito, os imigrantes novos não terão chance. Este ano a florada do café foi ótima, por isso, o excesso de produção agrava ainda mais a situação. O governo do Estado de São Paulo começou a restringir o café para exportação. Também ordenou a redução dos novos plantios. Os armazéns de café de Santos estão abarrotados, e o café está empilhado aos montes, ao relento. Os camaradas recebem, por dia, de seis a sete mil-réis, mas, no próximo ano agrícola, deve ficar abaixo de cinco mil-réis. Apesar disso, o arroz é caro, os tecidos são caros, a batata é cara, o macarrão é caro. Vocês que vão para lá agora, devem ir bem cientes e preparados. Boa viagem! Rezamos para que façam uma viagem tranquila [...][11]

Estimava-se que 2 milhões e 400 mil sacas de café, prontas para a exportação, estavam empilhadas e apodrecendo no

---

11 *Sobô: a saga da imigração japonesa*, de Tatsuzo Ishikawa, Ateliê Editorial, 2008 (p. 205). No caso em questão, tratava-se do ano de 1930, ano que foi relatada a viagem de navio com quase mil japoneses a bordo rumo ao Brasil. Os custos dessa viagem tinham sido pagos pelo governo japonês.

Porto de Santos. Uma saca, que custava de 25 a 30 mil-réis, de uma só vez, teve seu preço reduzido para 7 a 8 mil-réis. Nessas condições, começaram a queimar enormes quantidades de sacas de café para tentar conter a queda dos preços do produto no mercado. O salário dos trabalhadores, que tinham contratos anuais, reduzia-se drasticamente. Os latifundiários começaram a falir, e os arbustos mais antigos de café começaram a ser erradicados.

Ainda assim, o Ministério das Relações Exteriores do Japão continuava custeando as despesas de viagem dos imigrantes interessados em virem ao Brasil, mostrando imagens maravilhosas de um país romântico e lírico[12].

No entanto, a verdadeira face do Brasil era terrível. As casas se localizavam a uma distância de 12 a 40 km umas das outras, na área rural. Não havia acesso a rádio e jornais, nem mesmo a entrega de correspondência. Os lavradores tinham que construir suas próprias camas nas casas de chão batido.

> [...] Não havia nada para fazer, além de trabalhar, comer e dormir. Mesmo com a existência de animais selvagens, cobras venenosas ou jacarés, praticamente não havia médicos nos vilarejos. A malária também era uma ameaça constante. Havia ainda inúmeros insetos venenosos, dos quais eram ignorados os nomes, mas que viviam entre os vãos das casas de barro. Esse tipo de coisa não era do

---

12 *Sobô: a saga da imigração japonesa* (op. cit., p. 181-2, 186).

> conhecimento de nenhum imigrante. [...] Apesar das incontáveis pressões e ameaças que existiam no Brasil, havia no Japão, em todos os cantos das áreas rurais, algo muito mais assustador do que os animais selvagens e peçonhentos. Pressões, insegurança, insatisfações, revoltas e impaciência eram ameaça constante no cotidiano dos nipônicos. Os vilarejos rurais de qualquer canto do mundo, comparadas aos do Japão, eram como um agradável clima de primavera[13].

Esse texto mostra o quanto a situação econômica, política e social era adversa no Japão. Os japoneses saíram de sua terra natal com uma sensação de tristeza, pois, nesse final da década de 1920 e início dos anos 1930, havia grande corrupção política, violação de resultado de eleições, greves nas fábricas, suborno por parte das autoridades públicas, destituição de ministros, entre outros tristes eventos que assolavam o país[14].

Nesse clima desfavorável, a família de Yuhiko chegou ao Brasil com sete pessoas. Além dela, vieram o pai Tatsuhey (43 anos), a mãe Uga (38 anos), 3 irmãos (de 2, 14 e 17 anos) e uma irmã (5 anos). A foto do passaporte mostra, de uma só vez, 6 dos 7 membros da família que vieram para o Brasil naquele momento.

---

13 *Sobô: a saga da imigração japonesa* (op. cit., p. 37).
14 *Sobô: a saga da imigração japonesa* (op. cit., p. 38-9).

A primeira coisa que saltou aos olhos da família Tsukumi quando começou a trabalhar nas terras brasileiras foi o fato de não haver "comida boa". Havia bacalhau bem duro, e o arroz, que era a base da culinária japonesa, parecia comida de pintinho, com grãos miúdos e fragmentados. Diante da necessidade premente de se alimentar, aprenderam a preparar feijão, carne e pão.

Além disso, a moradia designada para a família era muito velha, quase uma ruína. Parecia que, a qualquer hora, desabaria sobre a cabeça de todos. Dentro das casas daquela época, havia forno para assar pão, o qual acabou sendo usado pelos imigrantes japoneses para torrar folhas de brotos de café, na tentativa de substituir o chá-verde (*banchá*), já que essa infusão não se encontrava disponível no Brasil[15].

Com um ano de moradia na nova terra, o irmão mais velho de Yuhiko adquiriu uma grave deficiência visual, que foi sanada com a ingestão de óleo de bacalhau trazido de Ribeirão Preto pelo vizinho alemão. Na percepção de Yuhiko, a deficiência alimentar causou transtornos à visão de seu irmão, devido à mudança radical no menu que a família passou a adotar depois de se mudar para as terras tropicais.

A qualidade da alimentação melhorou muito quando começaram a plantar verduras e legumes para sustento próprio na fazenda em que viviam: agrião, alface, *moyashi*, banana-nanica e banana-maçã.

---

[15] Conforme informação trazida por Yuhiko Ogata. Ela tinha o costume de registrar diariamente os principais fatos ocorridos, desde quando era jovem. Sua lucidez e seus registros, ao longo de décadas, permitiram que ela mencionasse datas, nomes, fatos e situações que muito contribuíram para a riqueza de detalhes trazida neste ensaio histórico-social.

A família de Yuhiko cuidava de 8 mil pés de café durante o primeiro ano no Brasil. Antes de completar dois anos de morada na fazenda para a qual tinha sido designada, todos os seus membros foram levados para a localidade de União, no município de Lins, no interior do Estado de São Paulo, a 250 km de onde moravam, depois de pagar a multa contratual ao fazendeiro que os havia contratado. Essa multa foi paga pela família Ogata, que havia recepcionado sua chegada ao Porto de Santos.

Assim, em 1938 os Tsukumi se mudaram para o sítio dos Ogata, onde residiram por dois anos, tendo se mudado posteriormente para Pompeia, localidade situada na linha Paulista de Estrada de Ferro, para plantar algodão (o "ouro branco").

Quando a família Tsukumi chegou a Pompeia, tudo era floresta. Houve a necessidade de derrubar 100 hectares de mata nativa para poder cultivar os produtos da pauta de exportação do Brasil. Essa fazenda era do sr. Ishida, que deu emprego a 10 famílias japonesas. A essa altura, era japonês contratando japonês! Quem chegou primeiro já tinha construído um pequeno patrimônio. Nesse ambiente, a família Tsukumi teve que construir sua própria morada, utilizando os troncos de coqueiros para montar a estrutura da casa. O pai de Yuhiko, que era carpinteiro, fez uma casa linda.

Nessa região de Pompeia, o solo era muito pobre. Dava para plantar algodão por apenas dois anos após o desmatamento. Depois disso, o solo virava areia. No terceiro ano de cultivo, não conseguiram mais produzir legumes e verduras.

Fizeram a tentativa de plantar mamão e, antes mesmo de ficar maduro, esse fruto era colhido, desidratado e cortado em fatias para matar a fome da família. Comia-se mamão seco com banha, e isso era tudo o que aquela terra podia proporcionar para o sustento da família.

Esse depoimento de Yuhiko pode ser confirmado pelo famoso geógrafo francês Pierre Monbeig, que assim se referiu à mobilidade territorial do imigrante relacionada ao cultivo do algodão: "[...] depois de 10 ou 15 anos de vivência com o algodão, ele já mudou duas, três e mesmo quatro vezes"[16]. O referido geógrafo mencionou que os produtores de algodão eram mais nômades que os de café.

Os arredores de Bastos, onde se situam Pompeia, Marília, Osvaldo Cruz e Tupã, haviam se tornado, a partir da década de 1930, a grande região produtora de algodão e de sericultura. Foi nessa oportunidade que Monbeig conheceu a realidade brasileira de expansão da fronteira agrícola e destacou o fato de os japoneses terem tido um papel fundamental na produção de algodão, assegurando o sucesso desse plantio, tanto em quantidade produzida como, também, em qualidade.

Monbeig ressaltou que, além de japoneses, no cultivo do algodão se envolveram italianos, espanhóis e muitos brasileiros (especialmente, os baianos, que fugiram da seca que assolou o interior da Bahia, entre 1931 e 1932). O algodão era cultura de gente humilde, em terras de média

---

16 *Pioneiros e fazendeiros de São Paulo*, de Pierre Monbeig, São Paulo, Hucitec, 1984 (p. 301), resultante da sua tese de doutorado defendida na França, em 1947.

produtividade. Além disso, esse tipo de cultivo não se valia da monocultura, como era o caso do cultivo do café *(plantation)*, e, diferentemente da cafeicultura, não tinha um passado escravagista[17].

Vale ressaltar que a produção de café foi reduzida durante o período de 1924 a 1945. Em duas décadas, sua participação passou de 72,5% para 32,5% do total de produtos agrícolas exportados. Por sua vez, nessa mesma época, o cultivo de algodão cresceu, especialmente no quinquênio de 1934 a 1939, período da chegada da família Tsukumi ao Brasil[18].

Durante o tempo em que a família Tsukumi plantava algodão, um dos irmãos de Yuhiko ficou com tifo e duas irmãs tiveram malária. Quase morreram! E para completar a situação, depois de cinco anos de Brasil, o chefe da família faleceu de derrame, aos 48 anos de idade. Apesar de ter vivido poucos anos na nova terra, ele conseguiu construir a casa e os móveis da família, bem como a casa do dono da fazenda em que morava, em Pompeia.

Em 1947, Yuhiko começou a frequentar a escola de corte e costura a 40 quilômetros de distância de onde a família morava. Depois de concluir esse curso, em setembro do mesmo ano, aos 22 anos de idade, se casou com Massatugo, dando cumprimento à promessa dos pais.

Massatugo e Yuhiko tiveram 6 filhos, sendo que dois fale-

---

17 *Pioneiros e fazendeiros de São Paulo*, de Pierre Monbeig (op. cit., p. 289, 296-7).
18 *Política do governo e crescimento da economia brasileira 1889-1945*. Villela, A. V.; Suzigan, W. Rio de Janeiro: Ipea/Inpes, 1973, p. 70. Disponível em: <http://www.marcillio.com/rio/hiregeco.html>. Acesso em: 7 jan. 2014.

ceram precocemente: o primeiro "nasceu morto" (tudo indica que isso ocorreu porque Yuhiko carregava muito peso nos trabalhos duros que exercia na fazenda); e o segundo faleceu aos 15 anos de idade, em razão de deficiência decorrente da paralisia infantil, de que foi acometido. Viveu sem ter atendimento especializado, pois a família não tinha condições financeiras para dar esse tipo de assistência.

Dos outros 4 filhos do casal, apenas o mais velho, Takayoshi (Leo), nasceu no interior do Estado de São Paulo. Os demais nasceram no Paraná, nas cidades de Londrina e Ibiporã. Definitivamente, a família crescia e se fortalecia em terras brasileiras, seguindo o processo de expansão de fronteira agrícola, que se abria cada vez mais por causa das culturas do café e do algodão!

5.4 A FAMÍLIA SAKAMOTO E OS SAMURAIS

Além das famílias Ogata e Tsukumi, há que se dar destaque para a mãe de Yuhiko, cujo nome de solteira era Uga Sakamoto. Ela ficou viúva aos 43 anos, após 5 anos de Brasil, e passou a cuidar sozinha de seus 6 filhos, dos quais alguns já eram adolescentes, e uma filha de 3 anos, nascida no seu novo país.

Uga nasceu em Kumamoto, em 1897, e morreu em São Paulo, em 1994, aos 97 anos de idade. Ela descendia de uma importante família de samurais que, por muitas gerações, ocupou cargos na prefeitura da localidade onde nasceu.

Na tradição samurai, a instrução era essencial tanto para

homens como para mulheres. A falta de escolaridade de filhos e filhas dessas famílias era algo considerado vergonhoso. Pelo histórico familiar, Uga tinha muitos anos de escolaridade (equivalente ao curso colegial), bem acima da média das mulheres japonesas da época (Era Meiji).

Por causa do tipo de educação que recebeu, ela não teve dificuldade em tocar os negócios da família e cuidar dos seus filhos depois da morte prematura de seu marido, mesmo morando em terra estrangeira. Ela continuou plantando algodão por mais quatro anos, tornando-se proprietária de terra, em Pompeia, onde plantou milho, amendoim e laranja, junto da Estação Canaã, que ficava à beira da Estrada de Ferro Paulista.

De acordo com o depoimento de Yuhiko, sua mãe Uga nunca ia ao médico, pois gozava de boa saúde e de boa visão, chegando a costurar rotineiramente até os 93 anos de idade. De modo a justificar sua longevidade, informou que ela gostava de comer produtos em conserva, produzidos em casa (pepino, nabo etc.), arroz, bacalhau, iogurte e figo. Lembrou-se que sua mãe comia pouca carne, não comia bolo e nada que tivesse muita gordura. Nos intervalos entre as refeições, ela não comia nada, apenas tomava chá. Na verdade, comia pouco e não dispensava uma pequena porção de vermute ao dormir.

Quando a família se mudou para Arujá, nas proximidades da cidade de São Paulo, Uga continuou trabalhando na roça e ganhava comissão sobre a venda de pêssegos, atividade que exerceu na beira de rodovias, durante 4 a 5 anos após sua chegada a essa localidade. Depois disso, mudou-se para a cidade de São Paulo, onde conseguiu comprar uma casa com o dinheiro do trabalho de um dos seus filhos, de suas netas e de seu trabalho como costureira na fábrica de uma família japonesa.

Ao migrar para o Brasil, Uga não trouxe as espadas que pertenceram à sua família. A quantidade de *Katanás* de que dispunha, no Japão, evidenciava a importância política da sua descendência de samurais. Caso as tivesse trazido, provavelmente teriam sido confiscadas durante o período da Segunda Guerra Mundial, já que o Japão estava no eixo oposto ao do país que a acolheu. Quem tinha essa arma branca em casa, sistematicamente, era denunciado à polícia brasileira.

Não se pode deixar de lembrar que as *Katanás* trazidas pelos japoneses passaram a ser utilizadas contra os próprios conterrâneos, em uma guerra fratricida que se instalou no interior do Estado de São Paulo, nos locais onde eles se concentravam durante o período que marcou o final da Segunda Guerra Mundial. De janeiro de 1946 a fevereiro de 1947, no Estado de São Paulo, houve atentados que levaram à morte 23 imigrantes japoneses e deixaram outros 150 feridos. Em um ano, mais de 30 mil suspeitos desses crimes foram presos pelo Departamento de Ordem Política e Social (DOPS), sendo que 381 foram condenados e outros 80 foram deportados para o Japão[19].

Tudo isso aconteceu porque alguns descendentes de japoneses, que haviam migrado para o Brasil, consideravam uma fraude a notícia da rendição japonesa na Segunda Guerra

---

19 Ver *Corações sujos: a história da Shindo Renmei*, de Fernando Morais. Companhia das Letras, São Paulo, 2000, 349 p.

Mundial. Como aceitar a derrota do Japão se, em 2.600 anos, jamais havia perdido uma guerra?

Considerando o histórico de Uga, pode-se afirmar que o sangue de samurais corre nas veias dos meus filhos e netos.

5.5 OS IMIGRANTES JAPONESES E A EXPANSÃO DA FRONTEIRA AGRÍCOLA

A trajetória das famílias Ogata e Tsukumi seguiu o fluxo do desbravamento do sertão brasileiro na primeira metade do século XX, com vistas ao cultivo do café e do algodão. A dedicação à cultura do café se deu por quatro décadas: de 1913, quando chegaram os primeiros representantes dessas famílias, até 1954, ano em que a geada acabou com a plantação.

Depois da geada, a família enfrentou muitas dificuldades financeiras. Com o dinheiro que sobrou da venda das fazendas de café, após o pagamento das dívidas decorrentes de empréstimo bancário, Massatugo, o filho mais velho dos primeiros imigrantes, comprou um sítio e cultivou rami, uma planta que era matéria-prima para a indústria têxtil. Essa atividade não deu certo, e, com o tempo, trocou essa terra por um pequeno açougue, em Ibiporã, Paraná. Somente ele trabalhava nesse negócio, derivando, posteriormente, para o ramo de compra e venda de veículos. Pouco a pouco, a família foi se descapitalizando, até que, em 1970, acabou migrando para a cidade de São Paulo.

Assim, a história das famílias Ogata e Tsukumi no Brasil se dá em paralelo com a expansão da fronteira agrícola no Brasil, na busca de novos espaços agrários para os cultivos que eram as *commodities* que sustentavam a economia brasileira daquela época: café e algodão. A história desses imigrantes assistiu do apogeu à derrocada dos cafezais, sentindo na própria pele a importância da agricultura na economia, na política e em suas próprias vidas.

Os imigrantes e a expansão da fronteira agrícola têm tudo a ver com o desflorestamento da Mata Atlântica. Os imigrantes acompanharam e participaram ativamente do processo de desmatamento das florestas de São Paulo e do Paraná, que se dava nos seguintes termos: na estação seca começava a derrubada das árvores, seguida pela limpeza de cipós e arbustos; depois que estavam secos, dava-se a queimada; quando não havia estradas para transportar, nem serrarias para aproveitar as enormes árvores derrubadas, tudo se perdia na fazenda.

A partir de 1920, abriu-se o mercado industrial da madeira decorrente desses desmatamentos. As serrarias, que passaram a ser o centro da exploração da madeira, se localizavam nas proximidades de estações ferroviárias, a exemplo de Tupã, Andradina, Presidente Prudente e Presidente Venceslau, no Estado de São Paulo; e em Londrina e Maringá, no Paraná, localidades nas quais viveram as famílias Ogata e Tsukumi durante os anos dedicados às atividades agrícolas.

Pessoas, plantios e exploradores de madeira punham-se em marcha pelo território desses dois Estados, em uma velocidade inimaginável. O resultado disso, em curto prazo, foi a fadiga dos solos e sua baixa produtividade. Em alguns lugares, esse desgaste decorria de duas décadas e meia de exploração, mesmo considerando-se que se tratava da terra roxa, uma das terras mais férteis do mundo!

Essa baixa produtividade, ainda, piorava em razão dos rigores da geada e da estiagem, sem falar no infortúnio econômico que, vez por outra, se dava em razão das crises econômicas e das questões cambiais.

Essa dinâmica foi muito bem documentada por dois importantes profissionais da academia e da fotografia. Do ponto de vista acadêmico, ninguém mostrou melhor esse processo de expansão dessa fronteira agrícola do que o referido geógrafo Pierre Monbeig, que tudo analisou na sua tese de doutorado *Pioneiros e fazendeiros de São Paulo*, conforme se comentou anteriormente.

Do ponto de vista fotográfico, o imigrante japonês Haruo Ohara registrou o processo de ocupação da área em torno da cidade de Londrina, no norte do Paraná, pela cultura do café. As fotos de Haruo mostram cenas de destruição da Mata Atlântica e do cultivo do café na região em que morava[20].

As famílias japonesas, assim como as outras que vieram como imigrantes (italianos, portugueses, espanhóis e tantos outros), seguiram a rota do café no território nacional. Durante esse período, os braços para a lavou-

---

20 O acervo fotográfico de Haruo Ohara se encontra disponível no Instituto Moreira Sales, em São Paulo. Haruo nasceu em Kochi, no Japão, em 1910, e, aos 17 anos de idade, veio para o Brasil, onde trabalhou na lavoura do café.

ra sempre foram insuficientes, tamanho era o "*boom*" do café, considerado o ouro verde, que demandava grande quantidade de trabalhadores.

Parece que tudo na vida tem um início, um apogeu e um declínio. Nada dura para sempre: nem as coisas boas e nem as ruins. Os imigrantes enfrentaram muitos problemas, como a chegada a um local onde a casa era mais uma ruína do que uma morada; a mudança da dieta familiar; a falta de alimentos em determinadas fases da vida, em razão da baixa produtividade da terra que tinham adquirido; a morte em massa de imigrantes e brasileiros por febre amarela, não se dispondo sequer de caixão para poder encostar o corpo mortalmente atingido pela doença[21].

Ainda no rol dos problemas enfrentados, pode-se citar a proibição de falar a língua japonesa no período da Segunda Guerra Mundial, razão pela qual tinham que se esconder da vigilância policial no meio da plantação, para poder conversar em japonês com seus conterrâneos ou, até mesmo, para ouvir rádio. O terror rondava a porta das famílias japonesas, pois eram achacadas pelas autoridades policiais, tendo suas casas sistematicamente invadidas durante esse período da guerra.

---

21 Essa febre eclodiu no interior de São Paulo, em vários locais, em 1898, conforme atesta o livro *Italianos no Brasil "andiamo in 'Merica'"* (op. cit., p. 374). Essa doença apareceu em Santos, em 1850, atingindo posteriormente Sorocaba e Campinas, em 1890 (p. 311). Contudo, já em 14 de janeiro de 1901, foi publicado o livro de Emilio Ribas denominado: *O mosquito considerado como agente da propagação da febre-amarela*. Foi o primeiro trabalho brasileiro sobre esse assunto, mostrando que desde antes essa doença já se configurava como grande problema sanitário, não só no Brasil, como nas Américas. Ver também a obra *A história da febre amarela no Brasil*, do Dr. Odilon Franco. Ministério da Saúde. Departamento de Endemias Rurais. Rio de Janeiro, 1969, p. 208 p.

Quem desafiasse as regras impostas pelas autoridades, mesmo sendo criança, era castigado.

Não se pode deixar de mencionar, no entanto, que os imigrantes japoneses passaram a ser vítimas dos matadores da seita nacionalista Shindo Renmei, formada por imigrantes conterrâneos, que causaram grandes transtornos às autoridades brasileiras, ao transformarem o território nacional em campo de batalha.

Entretanto, como exemplo de aspectos positivos, as famílias se tornaram proprietárias de terras, nas quais cultivaram o café (o ouro verde) e o algodão (o ouro branco). Foram donas de seus próprios destinos, chegando a ter inúmeras propriedades, não só em áreas rurais, como também em áreas urbanas, em Londrina e Ibiporã.

As famílias tiveram que aprender a ter tudo e a não ter nada. Tiveram que recomeçar a vida em São Paulo, pobres, depois de terem sido ricas.

Seja como for, ao fazer um resumo de sua vida para suas amigas quando esteve no Japão, em 1981, Yuhiko ouviu delas o seguinte: "Você teve muita sorte em sair do Japão naquela época, antes da Segunda Guerra Mundial. Você nem imagina a pobreza e os problemas que enfrentamos por termos ficado aqui. As consequências da guerra foram devastadoras para o povo japonês. Passamos muita necessidade".

Apesar de ter enfrentado muitos problemas no Brasil, parecia que Yuhiko tinha tido muita sorte de deixar o Japão antes da referida guerra, que tinha deixado esse país devastado e fragilizado do ponto de vista econômico e social.

Até meados de 2018, quando faleceu, Yuhiko ajudava a família, sempre recebendo alguns netos que precisassem morar em São Paulo por algum período de suas vidas. Minhas filhas Marina e Nara já moraram com ela: uma, para fazer o tratamento de saúde, e a outra, para estudar.

Essa convivência com a avó japonesa foi muito importante para as minhas filhas, não só pelo carinho que dela receberam, como também pelo conhecimento que adquiriram sobre a cultura japonesa. Dos meus quatro filhos, as duas se interessaram pela língua japonesa, sendo que Marina, depois disso, fez duas pós-graduações no Japão, conforme comentei anteriormente.

5.6 AS ÁREAS DE ATUAÇÃO DOS MEUS FAMILIARES EM TERRITÓRIO NACIONAL

Pode-se fazer um comparativo entre o processo migratório dos japoneses e dos italianos. Os primeiros imigrantes da família Gravina se radicaram na cidade de São Paulo desde o início do século XX. Logo em seguida, todos se deslocaram para os arredores dessa cidade, na região metropolitana de São Paulo (Cotia). Essa situação foi bem diferente daquela vivenciada pelos imigrantes japoneses da minha família, que se dirigiram para as fazendas de café, no interior dos Estados de São Paulo e Paraná.

Assim, pode-se dizer que a vertente migratória italiana foi construída em base urbana, ao passo que a vertente migratória japonesa foi alicerçada em base rural.

Do ponto de vista legal, para que os primeiros membros da família Ogata pudessem ser aceitos no Brasil, foi preciso que viessem na condição de agricultores, pois esse era o interesse brasileiro desde o início do processo da migração japonesa. Da parte do governo japonês, esse fluxo migratório seria de natureza permanente, enquanto para os emigrantes japoneses seria de caráter temporário, na condição de *decasségui* [22]. Esse movimento de massa dos seus nacionais em direção ao Novo Mundo era importante para a fixação permanente de seus emigrados como forma de resolver o problema da miséria e da superpopulação que assolavam o país.

No entanto, para o governo brasileiro e para os cafeicultores, essa migração era importante para suprir a mão de obra agrícola, de forma barata e com gente dedicada, para substituir a perda de braços na lavoura decorrente da abolição da escravatura, que havia se dado, de forma oficial, nos idos de 1888.

A decisão de aceitar os japoneses na condição de imigrantes não foi uma definição fácil para o Brasil. Na verdade, o país queria mão de obra europeia, pois, além de atender a essa demanda do setor agrícola, iria "branquear" a população brasileira, que era, até então, composta por muitos índios e negros. Esse é o depoimento que se encontra em diversos estudos que tratam da matéria.

A vinda dos japoneses foi possível, no início do século

---

[22] *Cem anos da imigração japonesa: história, memória e arte* (op. cit., p. 155).

XX, em substituição aos italianos, que passaram a ter seu fluxo migratório reduzido, em virtude da reação da Itália sobre as muitas queixas que recebeu quanto ao péssimo tratamento dado nas fazendas paulistas, cujas condições se equiparavam ao tratamento dado aos escravos.

Além disso, em 1924, os Estados Unidos passaram a rejeitar a entrada dos imigrantes japoneses em seu território, alegando questões de concorrência econômica, além de xenofobia. Nesse contexto, o Brasil passou a ser o "grande canal", ainda aberto, para esses imigrantes[23].

Ao chegarem ao Brasil, os imigrantes criaram escolas para o aprendizado da língua japonesa, que não eram bem-vistas pelo Governo Vargas, presidente brasileiro nos anos 1930. Para resolver o problema, o Departamento de Educação do Estado de São Paulo começou a exigir o registro dessas unidades de ensino como Escola Mista Rural, e o idioma japonês passou a constar como disciplina extracurricular, ao passo que a língua portuguesa passou a integrar o currículo regular.

Em 1932, 187 escolas japonesas já haviam sido registradas. Sete anos depois, esse número passou para 486, que aumentava à medida que crescia a quantidade de japoneses que migrava com o subsídio do governo japonês, especialmente a partir de 1925, momento em que começaram a vir muitas crianças em idade escolar[24].

---

23 *Cem anos da imigração japonesa: história, memória e arte* (op. cit., p. 162).
24 *Cem anos da imigração japonesa: história, memória e arte* (op. cit., p. 176).

No período da Segunda Guerra Mundial, a situação do Japão era ainda pior do que aquela que os imigrantes haviam deixado no início do século XX. Nessa época, além do aumento natural da população, houve o retorno daqueles que haviam migrado para a China, Manchúria, Coreia, Taiwan, Formosa e para a então União Soviética. Além disso, houve a destruição de equipamentos produtivos e uma classe média depreciada economicamente. Novamente, o governo japonês saiu em busca de solução para seus problemas mediante a promoção de uma nova onda migratória[25].

Nesse contexto altamente desfavorável, os imigrantes entenderam que deveriam permanecer no Brasil, deixar de investir apenas nas escolas japonesas e abandonar a ideia de transformar seus filhos em súditos do Império Japonês. Além disso, as crianças nascidas no Brasil pressionavam os pais a permanecer em território nacional, já que aqui era a terra deles. O filme *Gaijin: caminhos da liberdade,* dirigido por Tizuka Yamazaki, em 1980, mostra muito bem como se deu essa metamorfose no pensamento das famílias japonesas.

De forma resumida, assim podem ser elencados os motivos que passaram a facilitar o processo de aculturação dos imigrantes japoneses no Brasil: a pressão do governo brasileiro, que queria que os japoneses se abrasileirassem, ainda que à força[26]; o fato de o Japão ter sido derrotado na Segunda Guerra Mundial, que não estimulou o pretendido retorno

---

25 *Cem anos da imigração japonesa: história, memória e arte* (op. cit., p. 201).
26 *Cem anos da imigração japonesa: história, memória e arte* (op. cit., p. 177).

dessas famílias ao seu país de origem; e a atitude dos filhos dos imigrantes, que não queriam deixar o Brasil, sua terra natal.

Nessa conjuntura, foram estabelecidas novas estratégias de sobrevivência por parte das famílias japonesas: em vez de continuarem a viver no campo, passaram a buscar cidades mais próximas, onde as crianças poderiam ter melhor formação educacional e profissional. Trata-se de uma nova etapa migratória dessas famílias, a partir do êxodo rural.

Essa movimentação do campo para a cidade aconteceu com a família Ogata. A avó Shizue se mudou do sítio para Londrina com os netos mais velhos, Takayoshi (Leo) e Mieko. Enquanto isso, o restante da família ficou no campo. Era necessário prepará-los para viverem na sociedade brasileira, e a educação era o melhor meio de integração e de ascensão social.

As famílias Gravina e Giannuzzi, por sua vez, não passaram por esse novo processo migratório (campo X cidade). Elas se assentaram diretamente na cidade de São Paulo e se deslocaram somente para seus arredores. Ainda que, historicamente, muitos imigrantes italianos se encontrassem vinculados à zona rural brasileira para o plantio do café, no caso de minha família, em nenhum momento ela se dedicou a essa atividade.

Apesar de as famílias Gravina e Giannuzzi terem vivido da agricultura, na Itália, elas sempre tiveram um perfil urbano. Isso porque, em Polignano a Mare, o campo se encontra a alguns minutos da área urbana e pode, até hoje, ser acessado a pé. Assim, era possível ser agricultor com estilo de vida urbana, trabalhando sempre por conta própria. Isso teve reflexo no tipo de local que meus parentes escolheram para viver no Brasil, tanto nos idos de 1900 como na metade do século XX: morada na cidade e trabalho sem patrão. Como se vê, minha família não seguiu os passos da maioria dos italianos e dos demais imigrantes que chegaram ao Brasil, cujo destino inicial foi as fazendas do Oeste Paulista.

Vale ressaltar que algumas marcas foram deixadas em São Paulo pela passagem das minhas famílias italiana e japonesa: existe uma rua chamada "Polignano a Mare", no Brás, bairro cerealista de São Paulo, que é paralela à rua Benjamim Oliveira, na qual minha família morou no início do século XX.

Na rua Polignano a Mare se localiza a Igreja de São Vito, santo padroeiro de minha cidade natal, onde se realiza a Festa de São Vito Mártir, a maior festa italiana de rua do Brasil, realizada no final de maio e início de junho de cada ano. Desde 1918, por meio da Associação Beneficente de São Vito Mártir, essa festa integra o calendário de eventos da maior cidade brasileira.

Não se pode esquecer das grandes festas relacionadas à cultura japonesa, especialmente nos Estados de São Paulo e Paraná, bem como a festa de Bon Odori, na cidade do Salvador, na Bahia, que se realiza, anualmente, no final do mês de agosto. São festas organizadas por descendentes de imigrantes japoneses, que integram o calendário de eventos festivos locais.

Além disso, Yoshio Ogata, tio de meu marido, que faleceu em São Paulo em 2014, tornou-se nome da praça que fica em frente à residência em que habitava. Vale lembrar, ainda, que o grande amigo da minha família, o sr. Giulio Torres, tornou-se nome de rua no município de Cotia, uma via paralela à rodovia Raposo Tavares, no km 30, local onde ele exerceu sua atividade empresarial.

Conforme se pode ver, as sagas dos japoneses e dos italianos de minha família vêm deixando marcas no Brasil, especialmente em São Paulo, local em que a maior parte dos imigrantes e seus descentes escolheu para viver.

Shizue e Massaru, os primeiros imigrantes da família Ogata que chegaram ao Porto de Santos, em 1913.

Passaporte da família Tsukumi, emitido em 1936, para poder embarcar para o Brasil: Tatsuhey e Uga, com os filhos. Da esquerda para a direita, na porção inferior da foto: Yuhiko, Keiko, Hitoshi e Norihide. O filho Hiroshi, de 17 anos, não aparece na foto porque teve um passaporte próprio.

Capítulo 6:
Os grandes fluxos mundiais de pessoas e a situação do Brasil no século XXI

"Migração é... a lei natural e providencial de circulação humana à qual o mundo deve, em grande parte, sua civilização."

Franco Cenni,
Italianos no Brasil: "andiamo in 'Merica'",
Editora da Universidade São Paulo, 2011, p. 213.

6.1 A MIGRAÇÃO DA MINHA FAMÍLIA E A SUA PARTICIPAÇÃO NAS ONDAS MIGRATÓRIAS MUNDIAIS

A primeira onda migratória: de 1880 ao final da década de 1930

A primeira onda migratória mundial durou aproximadamente meio século e mobilizou cerca de 232 milhões de imigrantes internacionais e 740 milhões de migrantes internos[1]. Nesse período, os governos japonês e italiano estimularam a saída dos nacionais de seus respectivos territórios em razão da pobreza em que se encontravam. Entre os imigrantes que chegaram ao Brasil no período entre 1893 e 1928, 73% vieram subvencionados. Eram pouco qualificados, sem recursos, muitos dos quais miseráveis. Tratava-se de uma migração de baixa qualificação, porém bastante adequada para atender às elites rurais brasileiras, que queriam substituir a mão de obra escrava nas fazendas de café[2]. Assim, foi possível

---
[1] *Organización Internacional para las Migraciones* (OIM), 2015, p. 19.
[2] *Migraciones Trans-Atlánticas* (op. cit., p. 203 e 204).

compatibilizar os interesses do Japão e da Itália, que precisavam se desvencilhar de uma parcela de sua população, com os interesses do Brasil, que necessitava de trabalhadores para substituir a mão de obra escrava pela assalariada.

No caso da Itália, era também preciso reduzir a presença de pessoas que estavam aderindo ao socialismo e aos movimentos de tendência esquerdista. Assim, quanto mais gente partisse, melhor seria para a ordem pública. Muitos imigrantes chegavam ao Brasil após terem tomado parte nas lutas do Partido Socialista Italiano, aos quais se misturavam os anarquistas. Como consequência da chegada desses imigrantes, foram deflagradas as primeiras grandes greves e os primeiros movimentos operários que abalaram São Paulo, nos idos de 1900 e 1903[3], período em que a indústria já florescia nessa cidade. Assim, o governo brasileiro passou a se preocupar com o tipo de imigrante que receberia a partir de então.

Nesse mesmo período, em 1902, foi editado na Itália o Decreto Prinetti, que determinou a suspensão de licenças especiais concedidas para quatro companhias de navegação[4]. Isso se deu depois de tantas reclamações que chegavam ao governo italiano de que seus nacionais eram muito maltratados nas fazendas brasileiras[5]. No entanto, esse fato não significou a parada do

---

3 *Italianos no Brasil: "andiamo in 'Merica'"* (op. cit., p. 359-362).

4 *Italianos no Brasil: "andiamo in 'Merica'"* (op. cit., p. 235, 236 e 239).

5 Do mesmo modo, buscaram inibir a migração para o Brasil os governos da Alemanha (entre 1859 e 1896) e da França (entre 1875 e 1908), em razão do tipo de tratamento que seus nacionais vinham sofrendo na área rural brasileira.

processo migratório da Itália para o Brasil, pois essa movimentação continuou mesmo sem subsídio governamental.

Outra importante característica relacionada ao imigrante italiano dessa primeira onda migratória se refere ao fato de ele ser despossuído de identidade nacional, já que a unificação italiana havia se dado de modo tardio (1861), e os italianos tinham pouca ciência do que era pertencer a uma nação.

Em 1890, um ano após o Brasil se tornar uma república, o governo brasileiro regularizou o serviço de introdução de imigrantes no país, deixando claro que era inteiramente livre a entrada de indivíduos válidos e aptos para o trabalho, que não se achassem sujeitos à ação criminal do seu país e que não fossem mendigos ou indigentes. O governo federal estava interessado nos imigrantes do sexo masculino, solteiros, com mais de 18 anos e menos de 50 anos, que fossem trabalhadores agrícolas, operários de artes mecânicas ou industriais, artesãos e que se destinassem ao serviço doméstico. Nesse momento histórico, estavam em jogo dois processos: um de caráter racial, que pretendia estimular o "branqueamento" da população brasileira[6], e outro de obtenção de mão de obra para trabalhar na lavoura em um país essencialmente agrário.

Três anos depois da proclamação da República, o Brasil passou a permitir a livre entrada de imigrantes das nacionalidades chinesa e japonesa, contanto que não fossem indigentes,

---

[6] De acordo com o Censo Demográfico de 1890, os negros representavam 56% da população brasileira. Ver a análise de Gonçalves de Jesus, J., & Hoffmann, R. (2020). "De norte a sul, de leste a oeste: mudança na identificação racial no Brasil". *Revista Brasileira de Estudos de População,* 37, 1–25. Disponível em: <https://doi.org/10.20947/S0102-3098a0132>. Acesso em: 24 ago. 2022.

mendigos, piratas ou sujeitos à ação criminal em seus países. Teriam que ser "...válidos e aptos para trabalhos de qualquer indústria"[7]. Essa permissão se deu pela pressão dos cafeicultores, que estavam com mão de obra insuficiente para a realização dos plantios do café e pouco lhes importava a questão racial.

Nos primeiros anos do século XX, o governo brasileiro garantia que os imigrantes poderiam se estabelecer em qualquer ponto do país e se dedicar a qualquer ramo de agricultura, indústria, comércio, arte ou ocupação útil, desde que não ofendessem a segurança, a saúde e os costumes públicos. Tinham liberdade de crenças e de culto, bem como o gozo de todos os direitos civis atribuídos aos nacionais pela Constituição e pelas leis em vigor[8].

Com o passar dos anos, o governo brasileiro passou a se inquietar com o tipo de imigrante que já estava no país ou que poderia ter acesso ao território nacional. Preocupava-se com quem pudesse ser nocivo à ordem pública ou à segurança nacional (a exemplo daqueles que tivessem sido expulsos de outro país), provocar atos de violência para impor qualquer seita religiosa ou política, difundir moléstias incuráveis, dentre outras restrições.

Pela periodicidade com que se editavam instrumentos legais relacionados à imigração, nota-se que o tema era pulsante nesse primeiro quarto de século XX. Em 1924, novo instrumento legal foi editado sobre a matéria, mediante o qual se

---

7 De acordo com o art. 1º da Lei nº 97, de 5 de outubro de 1892.
8 Nos termos do art. 3º do Decreto nº 6.455, de 19 de abril de 1907.

estabeleceu que o ingresso de imigrantes deveria se dar pelos portos brasileiros de Belém, Recife, Salvador, Vitória, Rio de Janeiro, Santos, Paranaguá, São Francisco e Rio Grande, a partir de 1º de julho de 1925.

Nesse processo migratório, havia a preocupação do governo em forjar a brasilidade, enfatizando quem eram os imigrantes desejáveis e os indesejáveis, mediante a adoção de práticas administrativas. O medo do Governo Vargas era que os imigrantes pudessem agitar os sindicatos brasileiros em uma época em que o capitalismo mundial havia sofrido duro golpe com a crise de 1929. Assim, dispôs sobre o amparo aos trabalhadores nacionais, de modo a colocar ordem em um momento em que o desemprego se encontrava no ápice, visto que a imigração foi considerada uma das causas de seu agravamento.

Nesse contexto, as autoridades consulares somente visavam os passaportes por exclusiva necessidade dos serviços agrícolas ou atendendo aos "bilhetes de chamada" emitidos por parentes para as famílias com colocação certa. Além disso, as pessoas que contratassem trabalhadores ficavam obrigadas a demonstrar que dois terços de seu grupo, pelo menos, eram de brasileiros natos e que aquela proporção poderia ser alterada somente para serviços técnicos, admitindo-se em primeiro lugar os brasileiros naturalizados e, depois, os estrangeiros.

Na década de 1930, todos os desempregados tinham que se apresentar nas delegacias de recenseamento do Ministério do Trabalho, Indústria e Comércio para fazer declarações acerca de sua identidade, profissão e residência, a fim de serem tomadas as medidas convenientes sobre sua ocupação, principalmente em serviços agrícolas. Caso contrário, os desempregados, nacionais ou estrangeiros, que não comparecessem no prazo de noventa dias para fazer essas declarações ficavam sujeitos a processo por vadiagem.

Em 1934, outro instrumento legal ampliou a lista dos que não estavam autorizados a entrar no Brasil, devido ao aumento da desordem econômica e da insegurança social do país, agravadas por conta do fluxo desorganizado de estrangeiros. Nesse mesmo ano, foi promulgada a 3ª Carta Magna da Nação, a primeira da Era Vargas[9], que assim disciplinou a questão migratória:

> Art. 121
>
> [...]
>
> § 6º - A entrada de imigrantes no território nacional sofrerá as restrições necessárias à garantia da integração étnica e capacidade física e civil do imigrante, não podendo, porém, a corrente imigratória de cada país exceder, anualmente, o limite de dois por cento sobre o número total dos respectivos nacionais fixados no Brasil durante os últimos cinquenta anos.
>
> § 7º - É vedada a concentração de imigrantes em qualquer ponto do território da União, devendo a lei regular a seleção, localização e assimilação do alienígena.

---
9 A Era Vargas durou 15 anos: de 1930 a 1945.

O texto constitucional de 1934 ressaltou três importantes pontos: a proteção do trabalhador rural nacional; o desestímulo à concentração de imigrantes em qualquer ponto do território nacional; e a instituição de um regime de cotas para a admissão de imigrantes no país. Com esse regime, poderia ser reduzida substantivamente a entrada de asiáticos e outros grupos étnicos em que o país não tinha interesse naquela época. Tudo isso sem mencionar qualquer palavra que pudesse dar alguma conotação discriminatória.

Mesmo com tantas restrições, os membros da família Tsukumi, o lado materno do meu marido, foram aceitos como imigrantes, em 1936, sob a égide desse marco constitucional relativo às cotas migratórias, após a checagem de que não fossem portadores de doenças infecciosas[10]. Vale lembrar que, nessa época, o governo japonês, que financiava as viagens de seus nacionais para o Brasil, tinha todo o interesse em enviar o máximo de imigrantes, razão pela qual rapidamente completou todo o percentual previsto nas cotas constitucionalmente estabelecidas[11].

Nessa primeira onda, conforme apontam os dados da Secretaria da Agricultura de São Paulo, especialmente no período entre 1908 e 1927, os italianos vieram com baixo

---

10 Exigências apresentadas no inciso IV do art. 2º do Decreto nº 24.215, de 9 de maio de 1934, que mencionava as doenças infeciosas que o Brasil não tolerava em seu território, a exemplo de lepra, tuberculose, tracoma, infecções venéreas, dentre outras referidas no regulamento de saúde pública.

11 *Italianos no Brasil: "andiamo in 'Merica'"* (op. cit., p. 481).

nível de escolaridade, sendo que quase um terço deles era composto de analfabetos (28,72%). No entanto, o nível de escolaridade dos imigrantes japoneses, no mesmo período, se encontrava em um patamar melhor, com uma taxa de 10,61% analfabetos[12]. Ainda nessa primeira onda, vale ressaltar que, dos 4 milhões de imigrantes que entraram no Brasil no período de 1888 a 1939, os italianos representavam o grupo mais numeroso, chegando a 34% de todo o contingente migratório[13].

A segunda onda migratória: da Segunda Guerra Mundial até 1963

A segunda onda migratória durou pouco tempo, aproximadamente 15 anos, e estava intimamente relacionada às consequências da Segunda Guerra Mundial. Esse conflito trouxe grandes mudanças para o mapa geopolítico mundial, ocasião em que alguns Estados nacionais tiveram suas fronteiras redefinidas, afetando milhares de pessoas na Europa e na Ásia. Como decorrência, muitos se tornaram apátridas ou tiveram que mudar de nacionalidade, surgindo, mais uma vez, a questão da migração na pauta da época.

Uma das características dessa segunda onda foi o fato de o deslocamento de massas de refugiados e de migrantes passar a ser dirigido por organismos internacionais, a partir da criação

---

12 *Italianos no Brasil: "andiamo in 'Merica'"* (op. cit., p. 319).
13 *Migraciones Trans-Atlánticas* (op. cit., p. 200), que cita Walter Nugent (1992), autor do livro *Crossings: The Great Transatlantic Migrations* 1870-1914, University Press Bloomington.

da ONU, em 1945. Isso dava uma clara demonstração de que os Estados nacionais não dariam conta da complexa tarefa de controlar o problema migratório em suas fronteiras. Nessa fase, os olhos dos especialistas se voltaram aos desequilíbrios econômicos, à democracia e, mais tarde, à Guerra Fria.

O discurso do pós-guerra, no que se refere às questões migratórias, tinha apelo humanitário, pois os países devastados estavam economicamente desestruturados, com taxas de imigração e de desemprego elevadas. A questão da superpopulação passava a ser um grande problema para os países que se encontravam em fase de reconstrução. A abertura à imigração foi uma saída para esses contingentes excedentes.

Nesse momento do capitalismo mundial, a industrialização era vista como sinônimo de desenvolvimento. A questão da mão de obra especializada passou a ser um importante foco da questão migratória, deixando de ser seguido o modelo anterior, que se baseava na mão de obra para a agricultura. Caso se dirigissem à agricultura, seria mais por questões técnicas do que pela simples tradição familiar. Assim, não era qualquer um que poderia migrar. Tratava-se de um processo migratório altamente seletivo.

Essa segunda onda não trouxe mais imigrantes japoneses da família para o Brasil. Contudo, ficou evidente que, para os que já estavam em território nacional, não seria fácil retornar ao Japão, conforme haviam anteriormente planejado, pois a situação desse país era dramática após a Segunda Guerra Mundial: grande número de retornados, destruição dos equipamentos produtivos, aumento natural da população e classe média economicamente depreciada[14].

Foi nesse contexto da segunda onda migratória que eu e minha família viemos para o Brasil. Naquela oportunidade, o governo brasileiro desejava impulsionar a indústria nacional e optou por uma política que permitisse a seleção de trabalhadores europeus qualificados. Contudo, o Decreto-Lei nº 7.967, de 1945, que deu apoio legal à entrada de minha família no Brasil, explicitava textualmente a questão étnica como base para a seleção de imigrantes a serem acolhidos pelo Brasil, conforme se vê:

> Art. 2º Atender-se-á, na admissão dos imigrantes, à necessidade de preservar e desenvolver, na composição étnica da população, as características mais convenientes da sua ascendência europeia, assim como a defesa do trabalhador nacional.

Assim, não se concedia visto: a) ao estrangeiro com menos de 14 anos de idade, salvo se ele viajasse em companhia de seus pais ou responsáveis, ou se esses viessem para sua companhia; b) a indigentes ou vagabundos; c) aos que não satisfizessem às exigências de saúde prefixadas; d) àqueles que eram nocivos à ordem pública, à segurança nacional ou à estrutura das instituições; e) aos que tinham sido anteriormente expulsos do país; f) aos condenados em outro país por crime que,

---

14 *Cem anos de imigração japonesa: história, memória e arte* (op. cit., p. 189-207).

segundo a lei brasileira, permitisse sua extradição[15]. Com base nesses instrumentos legais, foi firmado o Acordo de Migração entre o Brasil e a Itália, em 5 de julho de 1950[16].

Meus pais, minha irmã Ângela e eu chegamos ao Brasil sob a égide desse Decreto-Lei nº 7.967, de 1945, e do mencionado acordo, em que não mais mencionaram a questão de cotas. Aplicavam-se ao caso da minha família as regras da "migração espontânea", estabelecidas nesse acordo, mediante o qual o governo brasileiro concederia visto permanente aos que desejavam se juntar aos parentes que, por meio da Carta de Chamada, lhes assegurassem a necessária assistência moral e econômica para exercer uma atividade de trabalho para a qual tenha havido oferta da parte da pessoa residente no Brasil. Por sua vez, o governo italiano facilitaria a documentação e autorizaria a saída do imigrante, exigindo que essa Carta ou o Compromisso de Trabalho fossem visados pela autoridade diplomática ou consular italiana no Brasil, objetivando assegurar a seriedade, a idoneidade do pretendente e a aceitabilidade das condições dessa referida oferta.

A Carta de Chamada da minha família, emitida em 12 de dezembro de 1952, traz informações que permitem rastrear o endereço de onde saímos (via Imbriani, na cidade de Polignano a Mare) e de onde viveríamos no Brasil (rua Artur de Azevedo, no bairro de Pinheiros, em São Paulo).

---

15 De acordo com os art. 2º e 11 do Decreto nº 7.967, de 18 de setembro de 1945.
16 Esse acordo foi promulgado pelo Decreto nº 30.824, de 7 de maio de 1952.

Ao examinar o conteúdo do Compromisso de Trabalho assinado pelo empregador, em 11 de fevereiro de 1953[17], meu pai exerceria a profissão de mecânico, com salário de Cr$ 2.500,00 (dois mil e quinhentos cruzeiros). Para que pudesse se qualificar para essa nova profissão, havia feito o curso de motorista-mecânico durante 6 meses, na Itália, antes de embarcar rumo ao Porto de Santos. Além disso, ele teve que se submeter a exames médicos, na cidade de Nápoles, que atestaram suas boas condições de saúde, informando que não apresentava sintomas ou manifestações de lepra, tuberculose, tracoma, elefantíase, doença venérea em período contagiante, câncer, afecção mental, não era cego, surdo, mudo, deficiente físico, alcoólatra ou toxicômano, nem tinha lesão orgânica que o invalidasse para o trabalho. Esse "Atestado de Saúde para Permanentes" está escrito cm língua portuguesa e, simultaneamente, em língua italiana. Teve, também, que tomar a vacina antivariólica[18].

Considerando-se a possibilidade de perda de algum direito por parte dos imigrantes, o Acordo Brasil-Itália de 1950 mencionava que seriam buscadas, de forma coordenada entre os dois países, soluções para as questões relativas aos direitos e benefícios da previdência e assistência social.

Ao se comparar o comportamento do governo italiano frente a seus nacionais, nos períodos da primeira e da segunda onda, verifica-se que houve uma grande diferença em sua atuação.

---

17 O conteúdo do Compromisso de Trabalho se encontra na Figura 10, dos Anexos.
18 Da leitura do Atestado de Saúde para Permanentes, apresentado na Figura 11, dos Anexos, pode-se verificar o grau de exigência do governo brasileiro em relação aos imigrantes que pretendia admitir no país.

Enquanto na primeira onda a Itália pouco apoiou seus emigrados, na segunda onda, firmou acordo com o Brasil, garantindo direitos e benefícios àqueles que deixaram seu território.

**A terceira onda migratória:
de 1985 aos dias atuais**

Trata-se de um movimento populacional sem precedentes. O número de migrantes internacionais, em 2020, alcançou a cifra de 281 milhões de pessoas, que representa 3,6% da população mundial. Dois terços desses imigrantes vivem em 20 países. Só os Estados Unidos receberam 51 milhões (18% do total de imigrantes internacionais). A Alemanha recebeu 16 milhões; a Arábia Saudita, 13 milhões; a Rússia, 12 milhões; e o Reino Unido, outros 9 milhões. A Europa surge como o principal destino, com 87 milhões de imigrantes internacionais (30,9%), seguida de perto pela Ásia, com 86 milhões (30,5%)[19].

Ainda que se verifique essa concentração de fluxos migratórios rumo ao Velho Continente, há que se ressaltar como um fenômeno novo o fato de que quase todos os países se encontram, de alguma forma, envolvidos nos atuais processos migratórios: seja na qualidade de países de emigração, de imigração ou de trânsito. Isso torna a terceira onda diferente das duas primeiras, em que os europeus haviam predominado como migrantes[20].

---

[19] De acordo com as informações do estudo da ONU Migración (OIM) *Informe sobre las migraciones en el mundo 2022*, p. 24-25. Disponível em: <https://worldmigrationreport.iom.int/wmr-2022-interactive/>. Acesso em: 5 ago.2022.

[20] *El azar de las fronteras. Políticas migratorias, ciudadanía y justicia*, de Juan Carlos Velasco Arroyo, México, FCE, 2016 (p. 32).

A crise do petróleo, em 1973, a queda do Muro de Berlim, em novembro de 1989, o desmantelamento da União das Repúblicas Socialistas Soviéticas (URSS), em dezembro de 1991, e os atentados terroristas às Torres Gêmeas de Nova York, de 11 de setembro de 2001, acabaram levando a questão migratória a ser tratada como assunto de segurança nacional, mostrando a necessidade de maior controle das fronteiras. Nesse contexto, a migração passou a ser sinônimo de ilegalidade, miséria, conflitos e delinquência, levando à distinção entre os nacionais e os "outros". Isso vem desencadeando fechamento de fronteiras, nacionalismo, xenofobia e racismo[21].

No caso do Brasil, essa terceira onda migratória se iniciou durante a fase mais democrática de sua história. Do ponto de vista jurídico, foram editados alguns instrumentos legais sem que grandes debates fossem dedicados ao tema da migração[22].

---

21 *El Azar de las fronteras. Políticas migratorias, ciudadanía y justicia* (op. cit., p. 80).

22 No período entre 1988 e 2009 foram editados os seguintes instrumentos legais sobre a questão migratória: Lei nº 7.685, de 1988; Lei nº 9.675, de 1998; Decreto nº 2.771, de 1998; Lei nº 11.961, de 2009 (Lei da Anistia Migratória); e o Decreto nº 6.893, de 2009. Esses instrumentos visaram resolver a situação de imigrantes ilegais. Além disso, vale destacar o disciplinamento legal dado à imigração haitiana no Brasil pela Resolução nº 97, de 2012, do Conselho Nacional da Imigração (CNIg). Em 2017, foi editada a Resolução Normativa CNIg nº 126, que dispunha sobre residência temporária aos imigrantes das fronteiras. Em 2018, foi publicada a Portaria Interministerial n. 9, de 14 de março de 2018 (alterada pelas Portarias Interministeriais nº 15, de 27 de agosto de 2018, e nº 2, de 15 de maio de 2019), que trata sobre a concessão de autorização de residência ao imigrante que esteja em território brasileiro e seja nacional de país fronteiriço, onde não esteja em vigor o Acordo de Residência para Nacionais dos Estados Partes do Mercosul e países associados, a fim atender a interesses da política migratória nacional. Em razão do grande número de pessoas que pediam refúgio no Brasil, foram editadas inúmeras resoluções do Comitê Nacional para os Refugiados (Conare). Em 2019, a Resolução Normativa do Conare nº 29, de 14 de junho, estabeleceu a utilização do sistema Sisconare para o processamento das solicitações de reconhecimento da condição de refugiado de que trata a Lei nº 9.474, de 22 de julho de 1997. Disponível em: <https://portaldeimigracao.mj.gov.br/pt/resolucoesgerais/resolucoes-do-comite--nacional-para-os-refugiados-conare>. Acesso em: 9 ago. 2022.

Contudo, em 27 de maio de 2017 foi editado o novo marco legal sobre os direitos e deveres do imigrante, que regula a entrada e a estada de estrangeiros no Brasil. Tratava-se da Lei nº 13.445/2017, a Lei de Migração, que revogou o Estatuto do Estrangeiro editado durante o período da Ditadura Militar.

Com esse novo disciplinamento legal, o país deu um grande avanço nessa matéria, prevalecendo o caráter humanitário sobre a criminalização do imigrante, deixando transparecer que ele não se constitui ameaça à segurança nacional. Além disso, definem-se os direitos dos brasileiros no exterior, fato que, por si só, permite inferir que a diáspora brasileira tem se agigantado a cada dia, necessitando de disciplinamento legal.

Vale ressaltar que a Lei de Migração traz como inovação um novo tipo penal, denominado "Promoção de Migração Ilegal", que consiste em promover a entrada ilegal de estrangeiro em território nacional ou de brasileiro em país estrangeiro.

Nessa terceira onda migratória, minha família também se encontra bastante presente. A título exemplificativo, pode ser citado o caso de minha irmã Michelina, a única que nasceu no Brasil, que resolveu estudar e trabalhar na Itália, em 1987. Após vários anos de dificuldades econômicas e políticas vivenciadas no Brasil, em especial na década perdida de 1980, ela resolveu viver e estudar no exterior. Morou nas cidades de Roma, Varese e Polignano a Mare. Nas duas primeiras cidades, trabalhou como tradutora e como *baby-sitter*. Em Polignano, trabalhou como garçonete na Grotta Palazzese, exatamente no restaurante em que meus pais fizeram a festa de casamento deles, em 1950.

Depois de se capitalizar financeiramente, minha irmã conseguiu estudar o que ela queria: fazer uma pós-graduação em psicomotricidade, em Milão. Ao final, continuou na Europa, mudando-se para a Alemanha, lugar em que constituiu sua família e onde até hoje reside.

Do lado da família Ogata, a terceira onda migratória contou com a participação das minhas cunhadas Mieko e Shizuko. Elas foram para o Japão, em 1999, como *decasséguis*, para trabalhar em uma empresa da área de alimentação. Pouco antes, havia retornado para esse país o tio Norihide (irmão da minha sogra), que tinha vindo ao Brasil com 1 ano e meio de idade, em 1936, acompanhando seus pais e irmãos. De todos os imigrantes japoneses da família, ele foi o único que retornou ao seu país natal para morar, onde veio a falecer em 2020, depois de lá viver algumas décadas.

Antes de decidir migrar, minha cunhada Shizuko trabalhava com o marido em uma empresa de construção civil que pertencia à sua família. A situação econômica estava se tornando insustentável: dívidas na empresa, falta de recursos para custear a educação dos três filhos e as mínimas necessidades familiares. A minha cunhada Mieko, por sua vez, recém-aposentada pelo Banco do Brasil, tentou ser pequena empreendedora com os recursos financeiros de sua demissão voluntária e de empréstimos bancários. Contudo, a situação econômica de sua família estava se complicando a cada dia, pois, mesmo com o salário do marido, que trabalhava em uma cooperativa agrícola, não estava conseguindo pagar as dívidas que contraiu com o banco, bem como os custos da educação dos cinco filhos.

Diante desse quadro, parecia não restar alternativa a não ser a de se aventurar a trabalhar no Japão, para melhorar a situação financeira da família, aproveitando a oportunidade que o governo japonês abria para os descendentes de seus antigos emigrantes.

Eu me lembro da tristeza de meus sogros ao verem partir suas duas filhas para o Oriente. Era de cortar o coração ver a dor estampada em seus olhos, pois não sabiam como terminaria aquela aventura de deixar para trás os respectivos maridos e filhos. Contudo, após trabalhar três meses na fábrica de preparação de alimentos, surgiu a oportunidade para Mieko trabalhar no Banco do Brasil, em Tóquio, chegando a ocupar o cargo de gerente de recursos humanos. Por sua vez, Shizuko, alguns anos mais tarde, foi efetivada em uma empreiteira japonesa, em uma agência de recursos humanos, no cargo de intérprete para os latinos que trabalham na fábrica de alimentos.

Assim que os filhos das minhas cunhadas migrantes completavam a maioridade civil, pouco a pouco, eles também se dirigiram para o Japão como *decasséguis*, na tentativa de reconstituir o núcleo familiar. Contudo, todos retornaram, pois não se adaptaram ao regime de trabalho repetitivo, de grande sobrecarga física, em regime de turno, situação que acabou se traduzindo em baixa autoestima e tristeza para muitos deles, dos quais, alguns tinham nível superior. No entanto, as cunhadas continuaram no Japão mesmo depois do retorno dos filhos, e somente quando a situação financeira estava equacionada, em 2009, é que Mieko retornou ao Brasil para se juntar ao marido e aos filhos (depois de uma década no Japão). Quanto à sua irmã Shizuko, retornou ao Brasil depois de quase duas décadas trabalhando no Japão[23].

Desse modo, minha irmã Michelina e minhas cunhadas Shizuko e Mieko aderiram ao maior fluxo de deslocamento populacional da face da Terra, engrossando os migrantes dessa terceira onda migratória. Registra-se, contudo, que no início do século XXI continuava o deslocamento de minha família por esse mundo, dentro do contexto dessa mesma onda migratória. Meu marido foi trabalhar na Venezuela, em 2004, depois de ter se aposentado. Ele foi sozinho para esse país, pois eu decidi não interromper minha carreira de funcionária pública, no Estado da Bahia, no momento em que precisava me concentrar em reunir documentos para a aposentadoria.

Ocorre que, quase dois anos depois, ele voltou para o Brasil e, dez anos após esse retorno, foi trabalhar em Bogotá, na Colômbia, representando regionalmente uma empresa japonesa de automação industrial em alguns países da América do Sul e do Caribe. Nessa oportunidade, eu estava trabalhando no setor privado como gerente de planejamento ambiental em uma empresa de geração de energia renovável, em Salvador. Deixei essa empresa para morar na Colômbia, junto com meu marido, engrossando as fileiras dos migrantes dessa nova onda migratória.

---

23 Shizuko retornou ao Brasil em junho de 2018, tendo falecido em agosto de 2020.

Minha participação nesse novo processo migratório se encontrava em um contexto muito distinto da onda de que fui protagonista, no período que sucedeu a Segunda Guerra Mundial. Encontrei em um fluxo migratório diferenciado, em caráter temporal, que se encontra relacionado à transferência de pessoal qualificado (no caso, meu marido), em uma situação oferecida aos profissionais que tinham acumulado grande experiência gerencial em multinacionais[24].

Depois que voltei da Colômbia para o Brasil, quatro anos depois, resolvi migrar para a Itália com o intuito de iniciar o meu processo de reaquisição da cidadania italiana, que perdi em 1971, por ter me naturalizado brasileira. Esse retorno às minhas origens era estimulado na medida em que escrevia este livro. No entanto, essa volta à Itália, em janeiro de 2020, foi traumática, visto que vivenciei todos os horrores da pandemia do coronavírus, quando pouco se sabia sobre as origens e as consequências da Covid-19, doença causada por esse vírus.

Nesse contexto da terceira onda migratória mundial, muitos brasileiros deixaram o país. De acordo com os dados estimados para o ano de 2020, 4.215.800 dos brasileiros moravam no exterior (2% da população do país). De 2012 até 2020, houve um aumento de 122%, dos quais,

---

24 Trata-se de um contexto fortemente favorecido e disciplinado no âmbito do Modo 4 do Acordo Geral sobre o Comércio de Serviços (GATS), que se refere ao Movimento de Pessoas Físicas. O Brasil aderiu ao cumprimento desse acordo, com a edição do Decreto nº 1.355, de 30 de dezembro de 1994, como resultado da Rodada Uruguai de Negociações Multilaterais do GATS.

46,06% viviam na América do Norte, 30,85%, na Europa, e 13,99%, na América do Sul[25].

Na década de 2010 (2011 a 2020), ao mesmo tempo em que muitos brasileiros deixavam o país, havia o retorno de alguns emigrados, bem como o país recebia novos fluxos de imigrantes, especialmente da Venezuela, Haiti, Bolívia, Colômbia, Argentina e Estados Unidos da América, além de refugiados venezuelanos, colombianos, haitianos, sírios, congoleses e senegaleses[26].

Tudo indica que esse contingente que deixa o Brasil aumentará em razão da deterioração do contexto político e econômico que vem se dando no país, há algumas décadas. Essa situação tem deixado os jovens brasileiros muito preocupados, pois até mesmo quem tem bom emprego não descarta a hipótese de viver e trabalhar no exterior. Agora, é a diáspora brasileira que se agiganta no exterior!

De um modo geral, as pessoas deixam suas terras por motivação econômica, política, humanitária, social, existencial,

---

25 Ver a publicação *Comunidade Brasileira no Exterior. Estimativas referentes ao ano de 2020*. Ministério das Relações exteriores, junho de 2021. Disponível em: <https://www.gov.br/mre/pt-br/assuntos/portal-consular/artigos-variados/comunidade-brasileira-no-exterior--2013-estatisticas-2020>. Acesso em: 8 ago. 2022. Ver também a matéria de Edison Veiga, na DW Brasil – Outras Mídias, de 14.12.2021, *Retrato da grande diáspora brasileira*, que atribuiu esse grande êxodo à instabilidade política, crise econômica e falta de perspectiva aos jovens. Disponível em: <https://outraspalavras.net/outrasmidias/retrato-da-grande-diaspora-brasileira/>. Acesso em: 8 ago. 2022.

26 Ver os dados apresentados no estudo *Imigração e refúgio no Brasil: retratos da década de 2010*, de Cavalcanti, L.; Oliveira, T.; Silva, B. G (orgs.). Observatório das Migrações Internacionais; Ministério da Justiça e Segurança Pública/Conselho Nacional de Imigração e Coordenação Geral de Imigração Laboral. Brasília, DF: OBMigra, 2021. Excetuando-se aqueles oriundos dos Estados Unidos da América, os demais imigrantes integram o grupo do chamado Sul Global, cuja localização se encontra na p. 14 desse estudo.

emocional ou de qualquer outra natureza. Seja como for, vale sempre lembrar que as condições das pessoas se vulnerabilizam quando elas migram. Isso leva à redução de direitos, à despolitização, deixando-as fora do mundo político, transformando quase todos em hóspedes ou refugiados. Os imigrantes deixam seu mundo conhecido para se aventurar em um outro lugar, o qual não conhece. Trata-se, muitas vezes, de um verdadeiro salto no escuro.

6.2 OS MODELOS DE ESTADO BRASILEIRO NO SÉCULO XXI

A situação do Brasil no início do século XXI não era das melhores. Em um contexto econômico e social problemático, a ascensão de Lula ao poder encheu os brasileiros de esperança e, sem dúvida nenhuma, ajudou a construir a credibilidade de que o país precisava para sair do marasmo em que se encontrava.

O quadro econômico e social do país no final do governo de Fernando Henrique Cardoso (FHC) era extremamente difícil, mesmo tendo conseguido manter a inflação sob controle, façanha conseguida com a implementação do Plano Real.

Ainda que a situação do país não fosse boa, Lula encontrou o país com importantes reformas realizadas durante o governo anterior e contou com o Plano Diretor da Reforma do Aparelho do Estado, de 1995, que tinha como premissa a redução da intervenção do Estado na economia.

A elaboração desse plano, em 1995, foi necessária, já que muitas coisas haviam se alterado no país, especialmente a partir do processo de privatização iniciado nos anos 1990, com o advento da Era Collor[27], e que continuou nos governos subsequentes. Assim, foi fundamental o esforço desse plano em identificar o que caberia ao setor público, ao setor privado e às organizações não governamentais, já que o governo precisava se modernizar e contava com parcos recursos públicos.

Por meio desse plano, foram instituídas agências reguladoras e executivas como mecanismo institucional que buscava garantir a segurança jurídica do exercício da atividade econômica por parte de investidores nacionais e estrangeiros.

Em que pesem os esforços realizados durante a Era FHC[28], verificou-se que o novo modelo de Estado não agradou, em sua plenitude, à cúpula do Partido dos Trabalhadores (PT), cujo principal expoente é Lula. Isso se verificou, de forma bem pragmática, logo nos primeiros meses da sua posse como presidente da República, em 2003, momento em que ele quis mudar os dirigentes das agências reguladoras e se viu impedido de fazê-lo, pois a legislação havia previsto que esse tipo de alteração seria aprovado não por ele, mas pelo Senado. Além disso, a mudança de dirigentes das agências somente poderia se dar na metade do período de seu mandato.

---

27 A Era Collor, do presidente da República Fernando Collor de Mello, se inicia em 15 de março de 1990, e se conclui em 29 de dezembro de 1992, em decorrência de um processo de *impeachment*. Ele foi sucedido pelo vice-presidente Itamar Franco, que conclui seu mandato em 1º de janeiro de 1995.

28 A Era FHC, do presidente da República Fernando Henrique Cardoso, se inicia em 1º de janeiro de 1995 e se conclui em 1º de janeiro de 2003, com dois mandatos presidenciais.

Essas amarras foram propositalmente estabelecidas pela legislação anterior com o objetivo de minimizar a interferência política na máquina pública, prevalecendo as questões técnicas, mostrando ao investidor que ele poderia aportar seus recursos no Brasil, com maior segurança.

O novo governo sentiu na pele as consequências dessa legislação quando quis, também, alterar as tarifas de prestação de serviços concedidas às concessionárias e permissionárias de serviços públicos. De igual modo, não conseguiu fazê-lo de imediato, pois esses preços estavam estabelecidos nos contratos já firmados, e, caso não fossem cumpridos, pesadas multas incidiriam sobre a Administração Pública.

Depois que a Casa Civil estudou detalhadamente a questão das agências reguladoras, o Governo Lula entendeu que não se tratava de um modelo ruim, já que, sem elas, o país poderia ficar desacreditado frente aos investidores, fato extremamente danoso, naquele momento. Assim, o novo governo avaliou que apenas alguns ajustes legais deveriam ser feitos para que esse modelo pudesse funcionar de forma mais amigável com a nova era política e econômica.

Nesse sentido, foram editadas leis que deram conforto ao governo, especialmente quanto à relação entre as agências com seus respectivos ministérios. Especialistas foram contrários às propostas governamentais de transferir o poder de concessão das agências reguladoras para os ministérios. Alertaram para o perigo de reestatização dos setores privatizados, para a centralização do comando nos ministérios e para os riscos regulatórios que a interferência do governo poderia causar nos investimentos estrangeiros no Brasil.

Outras polêmicas surgiram quando o presidente Lula resolveu tratar politicamente das indicações de pessoas ligadas ao seu partido político para ocuparem cargos de confiança nas agências reguladoras. Ainda que a equipe econômica tivesse externado sua preferência pelo modelo original (manter a indicação de dirigentes de cunho técnico à frente das agências), venceu o entendimento de que esses cargos deveriam ser ocupados por políticos[29].

Em outras palavras, o Governo Lula disse ter entendido a Reforma do Estado promovida pelo seu antecessor; achou-a interessante e razoável, contudo, tratou de alterá-la, já que se inclinava pelo retorno à maior intervenção do Estado na economia, indo em sentido contrário ao modelo estabelecido durante a Era FHC.

Até o final de 2002, antes do início do Governo Lula, haviam sido criadas nove agências reguladoras. Durante o seu governo foram criadas mais duas e, no período da presidente Dilma Rousseff[30], nenhuma outra foi instituída.

---

[29] *O Governo Lula e as mudanças nas agências reguladoras: mapeamento do noticiário sobre as agências reguladoras no período de 1/12/2002 a 30/11/2004*. Observatório Universitário, Documento de Trabalho 17, de autoria de Edson Nunes, Cátia Costa, Helenice Andrade e Patrícia Burlamaqui, jan. 2005, 23 p. Disponível em: <http://www.observatoriouniversitario.org.br/documentos_de_trabalho/documentos_de_trabalho_17.pdf>. Acesso em: 24 ago. 2016.

[30] O período do presidente Lula foi de 1º de janeiro de 2003 a 1º de janeiro de 2011, tendo sido sucedido por Dilma Rousseff, do seu mesmo partido: o Partido dos Trabalhadores (PT). A presidente Dilma governou de 1º de janeiro de 2011 a 31 de agosto de 2016, quando deixou o cargo devido ao processo de *impeachment*. Com o seu afastamento, assumiu o vice-presidente Michel Temer, que governou de 13 de maio de 2016 a 1º de janeiro de 2019.

Durante o breve período do presidente Temer, que sucedeu a Dilma, o modelo neoliberal ganhou força, facilitando a privatização e as concessões. As áreas elencadas como prioritárias para a transferência de ativos públicos para o setor privado foram: ferrovias, rodovias, aeroportos, portos, geração hidrelétrica, distribuição de energia, transmissão de energia, mineração, óleo e gás. Ao final do seu governo, foram mobilizados cerca de R$ 144,3 bilhões, sendo que as concessões foram responsáveis pela entrada de R$ 46,4 bilhões, enquanto as privatizações responderam por cerca de R$ 97,9 bilhões, concentrando-se nos setores de petróleo e energia, com destaque para a intensificação da entrada de atores globais dos Estados Unidos, China, Inglaterra, Alemanha, Noruega e Índia[31].

No Governo Bolsonaro, iniciado em 1º de janeiro de 2019, continuaram as privatizações. Uma das suas bandeiras durante as eleições era a diminuição da máquina pública e o controle das estatais. Assim, ele deu sequência ao processo que estava em curso durante o período de Temer. Quando Bolsonaro assumiu, em 2019, a União controlava 209 empresas estatais. Em junho de 2022, esse número havia baixado para 133[32].

---

31 Ver o artigo do *Le Monde Diplomatique Brasil*, de 14.05.2019, denominado *A privatização em "marcha forçada" nos governos Temer e Bolsonaro*, no Observatório da Economia Contemporânea, de William Nozaki. Disponível em: <https://diplomatique.org.br/a-privatizacao-em-marcha-forcada-nos-governos-temer-e-bolsonaro/>. Acesso em: 2 ago. 2022.

32 De acordo com o artigo de Vinicius Konchinski, *Bolsonaro já privatizou um terço das estatais. Número de empresas controladas pelo governo federal caiu de 209 para 133 em quase 4 anos*, no periódico Brasil de Fato, de 14.06.2022. Disponível em: <https://www.brasildefato.com.br/2022/06/14/bolsonaro-ja-privatizou-um-terco-das-estatais>. Acesso em: 2 ago. 2022.

Assim, ao longo dos últimos anos, o Plano Diretor da Reforma do Estado Brasileiro de 1995 foi se alterando, descaracterizando-se por completo, sendo substituído por tendências neoliberais, com aporte de investimentos externos por meio de privatizações, concessões e venda de imóveis da União.

Nas eleições à presidência da República de 2022, a disputa esteve acirrada entre os candidatos Lula e Bolsonaro, que apresentaram propostas distintas quanto aos rumos que pretendiam dar do país, principalmente em relação à socioeconomia: o primeiro, mais estatizante; e o segundo, mais neoliberal. A eleição foi decidida no segundo turno, no qual Lula venceu Bolsonaro com uma margem apertada de votos (50,90%).

Seja como for, o Estado brasileiro tem se descapitalizado e a condução do povo brasileiro segue a rota da política condicionada à reeleição, fato esse que dificulta a realização das reformas de que o Brasil precisa. O populismo, seja de "esquerda como de direita", parece ser a tônica do sistema presidencialista brasileiro, especialmente nos últimos 20 anos, e tudo indica que ele se reproduzirá por tempo indeterminado.

6.3 A EVOLUÇÃO SOCIOECONÔMICA DO PAÍS DURANTE AS DUAS ÚLTIMAS DÉCADAS (2003-2022)

Meus netos alagoanos nasceram sob a égide do Governo Lula: Leonardo (2005) e Tiago (2008). Por sua vez, meus netos paulistas nasceram, respectivamente, durante os governos de Dilma, Temer e Bolsonaro: Ayumi (2015), Bernardo (2018) e Maria (2021).

A situação que Leonardo e Tiago encontraram no Brasil, ao nascerem, decorria dos seguintes indicadores sociais e econômicos, que assim se apresentavam na Era Lula, de 2003 a 2010[33]:

a) Em 2003, a taxa de desemprego era de 11,3%, passando a 6,1% em 2010: o menor patamar registrado na história;

b) A elevação do rendimento médio real foi de 20,67%;

c) Em 2005, o indicador de distribuição de renda e de redução da pobreza era de 30,82%, baixando para 21,42%, em 2010;

d) Em 2005, a taxa de extrema pobreza foi reduzida de 11,49% para 7,28%, em 2009;

e) Em 2010, o Programa Bolsa Família beneficiou 12,7 milhões de brasileiros, injetando na economia R$ 13 bilhões, com a ampliação do mercado consumidor das classes sociais menos abastadas, como mecanismo de transferência de renda.

Isso mostra que houve progressos no Governo Lula, muito embora ele tenha deixado de viabilizar a reforma tributária, que

---

[33] Uma avaliação da economia brasileira no Governo Lula, de Marcelo Curado, publicado na revista *Economia & Tecnologia,* ano 7, volume especial, 2011, p. 91-103.

simplificaria e reduziria a carga de tributos sobre as atividades produtivas. Além disso, Lula baseou suas exportações em produtos não industriais – as *commodities* –, causando forte pressão ambiental sobre os recursos naturais de vários biomas brasileiros (solo, água, minérios, recursos florestais etc.). Contudo, houve a retomada do crescimento com a expansão do PIB na ordem de 4,2% ao ano, o que significa o dobro do ocorrido no período de FHC. Assim, os dois samuraizinhos nasceram em um momento áureo da história política, econômica e social do Brasil.

Muita discussão existe sobre o que, de fato, foi mérito do Governo Lula, já que ele encontrou as condições favoráveis criadas pelo governo de Fernando Henrique Cardoso, que o antecedeu. Além disso, foi beneficiado pelo cenário internacional que, até 2008, se encontrava em expansão econômica.

Em 2011, após novas eleições presidenciais, Lula conseguiu eleger sua sucessora, Dilma Rousseff, reeleita para o período de 2015 a 2018.

Quanto aos indicadores sociais e econômicos, assim pode ser resumido o Governo Dilma, em seu primeiro mandato (2011-2014)[34]:

a) A economia teve o bom desempenho dos últimos anos do Governo Lula e, apesar da desaceleração, conseguiu-se mantê-la com crescimento positivo até o final de 2013;

---

34 Dados disponíveis em: <https://www.nexojornal.com.br/expresso/2016/05/04/64-meses-de-governo-Dilma-como-evolu%C3%ADram-os-indicadores-econ%C3%B4micos-e--sociais>. Acesso em: 24 ago. 2016.

b) A inflação anual ficou acima da meta estabelecida pelo Banco Central, de 4,5%, e se manteve, até 2014, dentro da faixa de tolerância, de até 6,5%;

c) A taxa de desemprego permaneceu baixa e estável;

d) O nível da dívida bruta federal em relação ao tamanho do PIB foi mantido em um patamar estável;

e) A proporção de pobres, em relação à população total, baixou de 18,4% para 13,3%;

f) O salário-mínimo manteve os ganhos reais, acima da inflação;

g) Houve alta de 30% para 34% no percentual de jovens de 18 a 24 anos matriculados no ensino superior.

Como se vê, os resultados continuaram positivos durante o primeiro mandato da presidente Dilma. No entanto, no seu segundo mandato, a partir de 2015, ano em que a bambina Ayumi nasceu:

a) O país assistiu à piora da economia, com recessão de 3,8% em meio à alta da inflação e dos juros, com corte de investimentos públicos e privados, e crise de confiança alimentada pela instabilidade política;

b) O país enfrentou um pico inflacionário de 10,67%;

c) a taxa de desemprego subiu e superou a marca dos 10% no primeiro trimestre de 2016, algo que não ocorria no país há 9 anos;

d) O nível da dívida bruta federal explodia em relação ao tamanho do PIB;

e) O salário-mínimo não mais manteve a trajetória de ganhos reais, passando a ser reajustado somente pela inflação, visto que a economia estagnou, em 2014, enfrentando recessão em 2015.

Até o final do primeiro mandato da presidente Dilma, o país era considerado um exemplo de condução de programas sociais, de crescimento econômico, de bons programas para o homem do campo, de mudança de paradigma quanto ao tratamento dos pequenos empresários, entre outros avanços econômico-sociais. No entanto, bastou iniciar seu segundo mandato, em 2015, para se perceber que não era bem assim.

Os problemas econômicos denunciaram a existência de outras dificuldades, a exemplo da inflação e falta de recursos para atualizar os valores dos programas sociais. Depois disso, iniciou-se o processo de perda de direitos dos trabalhadores; revelou-se um enorme rombo nas contas da previdência social; aumento da taxa de desemprego; e, para complicar ainda mais a situação, a população brasileira passou a tomar conhecimento de grandes esquemas de corrupção que envolveram a petrolífera brasileira (Petrobras) e outras empresas governamentais, especialmente durante os anos em que o PT esteve à frente do Governo Federal.

Nessa conjuntura, a presidente foi afastada em 11 de maio de 2016 para responder ao processo de *impeachment*. Como consequência desse processo, ela não mais retornou a governar o país, passando a assumir o vice-presidente Michel Temer.

Ressalte-se que Dilma era uma executiva sem muita paciência para encarar o jogo político. Além disso, boa parte dos políticos de seu partido, bem como outros de sua base de apoio, encontravam-se envolvidos nos escândalos no âmbito da Operação Lava Jato, que investigava a corrupção, lavagem de dinheiro, formação de organizações criminosas, entre outros crimes praticados principalmente por políticos, funcionários e empresários. Os trabalhos de investigação dessa operação se iniciaram em 2009, em Curitiba/Paraná, mediante interceptações telefônicas que serviram de base para iniciar os processos apresentados perante a Justiça Federal, a partir de 2014.

Até o final de julho de 2017, a Operação Lava Jato apresentou os seguintes resultados: 1.765 procedimentos instaurados; 844 buscas e apreensões; 210 conduções coercitivas; 97 prisões preventivas; 104 prisões temporárias; e 6 prisões em flagrantes. Além disso, haviam sido solicitados 279 pedidos de cooperação internacional; 158 acordos de colaboração premiada, realizados com pessoas físicas; 10 acordos de leniência, realizados com pessoas jurídicas, e 1 termo de ajustamento de conduta; 65 acusações criminais, com 33 sentenças pelos crimes de corrupção, lavagem de dinheiro/ativos, formação de organização criminosa, entre outros, com 157 condenações; 8 acusações de improbidade administrativa contra 50 pessoas físicas, 16 empresas e um partido político, com pedido de pagamento de R$ 14,5 bilhões, em um valor total R$ 38 bilhões, incluindo as multas[35].

Essa operação parecia não ter fim, pois, a cada delação, novos nomes surgiam, como uma teia que se ampliava, respingando, inclusive, sobre alguns mandatários e ex-mandatários de vários países da América Latina.

A corrupção já tinha sido alardeada no primeiro mandato do presidente Lula, no processo que ficou conhecido como "Mensalão". De acordo com o esquema identificado pela Justiça, os políticos do Congresso Nacional recebiam, mensalmente, dinheiro do governo para aprovar matérias de seu interesse. Como resultado, foram presos alguns políticos, donos de bancos, entre outros. No entanto, não ficou provado, nesse processo, o grau de envolvimento do presidente Lula, que sempre alegou não saber da existência desse esquema criminoso.

É evidente que os brasileiros sabem que a corrupção não se deu no país nos últimos anos. Sempre foram ventilados atos de corrupção promovidos pelas elites políticas do Brasil, que, entre outros objetivos, buscavam se perpetuar no poder. No entanto, o que não se sabia era o tamanho do rombo causado ao erário em razão do desvio do dinheiro público que abasteceria

---

35 Dados extraídos da página do Ministério Público Federal. Disponível em: <http://lavajato.mpf.mp.br/atuacao-na-1a-instancia/resultados/a-lava-jato-em-numeros>. Acesso em: 7 ago. 2017. Dando continuidade às ações da Operação Lava Jato, em 2018, foram efetuadas mais 69 prisões e 299 buscas e apreensões. Em 2019, até o mês de março, haviam sido efetuadas outras 6 prisões e mais 30 buscas e apreensões.

os políticos, a partir da sangria financeira de empresas estatais, companhias de economia mista, bancos de desenvolvimento e outras organizações que integravam o aparelho de Estado.

Tudo se dava a partir do superfaturamento de obras públicas, com o requerimento de aditivos contratuais, prontamente atendidos, fazendo com que o valor das obras nunca pudesse ser corretamente orçado. Essa sangria dos cofres públicos, por meio do setor empresarial, alimentava a classe política para garantir as próximas eleições, além do enriquecimento individual de boa parte dos políticos envolvidos.

Nesse clima de horror pelo qual vinha passando a sociedade brasileira, em 12 de julho de 2017, ela tomou conhecimento de que o ex-presidente Lula havia sido condenado a 9 anos e seis meses de prisão em um dos processos que tramitava na Justiça Federal. Essa pena foi aumentada para 12 anos e um mês, pelo tribunal recursal.

No início de abril do ano seguinte, Lula foi preso, fato esse que o impediu de concorrer às eleições presidenciais de 2018, como era o seu desejo. Um ano após a sua prisão, sofreu outra condenação penal por período equivalente à condenação anterior, relacionada aos crimes de corrupção e lavagem de dinheiro. Ao final, foram identificadas falhas processuais e Lula saiu da prisão, e tornou-se elegível para a sua candidatura à presidência da República de 2022.

Quanto ao ex-presidente Temer, foi denunciado pela Procuradoria Geral da República pela prática de corrupção. Considerando que a Câmara de Deputados não autorizou o seu afastamento para responder ao processo judicial, o julgamento dos seus atos teve prosseguimento após o término de seu mandato. Diante dessa grande fragilidade política, a governabilidade de Temer foi bastante abalada, ficando reduzidas as chances de aprovação das reformas político-institucionais e previdenciária que seu governo pretendia realizar[36].

Como resposta aos descalabros cometidos pela classe política e empresarial do país, uma multidão composta por pessoas de todas as idades e classes sociais foi às ruas para protestar. Além disso, a população se manifestava contra reformas que afetariam muitos direitos historicamente conquistados, que se encontravam na iminência de serem perdidos.

Foi nesse clima de incertezas que nasceu meu neto Bernardo, no início de setembro de 2018, dois meses depois da derrota do Brasil pela Bélgica, nas quartas de final, na Copa da Rússia. O ambiente no futebol parecia ser um espelho de como andava o moral do povo brasileiro.

O incrível disso tudo é que, até outro dia, o Brasil era mundialmente festejado por ter conseguido "driblar a crise internacional". Muitos brasileiros voltaram do exterior, inclusive muitos *decasséguis*, pois havia se tornado um gigante, um país emergente, que vivia a era do pleno emprego, enquanto o resto do mundo "derretia".

Na verdade, caso se faça uma retrospectiva dos primeiros anos do século XXI, muitas coisas mudaram no Brasil, que se comportou como país de emigração e de imigração;

---

[36] Após ter sido finalizado o seu governo, Temer acabou sendo preso, em 21 de março de 2019. Foi absolvido, em 2021, em alguns processos que o condenavam e também em outros, no ano de 2022, por não haver elementos que comprovem as acusações.

tornou-se um país emergente, que "resistiu à crise de 2008", com os países do Grupo Brics (China, Rússia, Índia e África do Sul); entrou em grave crise econômica e política; julgou e prendeu importantes personagens do mundo político, empresarial, operadores financeiros, doleiros e funcionários das empresas ligadas ao Governo Federal; teve aumento da taxa de desemprego, que alcançou 13,2% no trimestre que se encerrou em fevereiro de 2017, cujo resultado foi a massa de desempregados que chegava a 13,5 milhões de pessoas[37]. Diante dessa conjuntura de ordem econômica e política, as principais agências de classificação de risco rebaixaram o país.

Com esse breve resumo da política recente, verifica-se que a desesperança volta a tomar conta do povo brasileiro, especialmente a partir de 2015, quando se chegou ao ponto de ver que até mesmo a Petrobras, considerada modelo de empresa brasileira, passou a ter suas atividades reduzidas, vender seus ativos, quebrar contratos e adiar a exploração de petróleo em águas profundas (o Pré-sal), fatos que jogaram por terra tudo aquilo que era vendido como o "futuro da nação".

Diante desses aspectos históricos, muitos brasileiros deixaram o país, principalmente por não conseguirem ver como o Brasil poderia sair desse caos político, econômico e social em que se encontrava. Como consequência, todos vêm assistindo à falência do Estado enquanto prestador de serviços, principalmente por falta de recursos financeiros, afetando, em especial, a saúde e a educação, comprometendo ainda mais o presente e o futuro dos brasileiros.

---

[37] Dados do IBGE, de fevereiro de 2017.

Como golpe de misericórdia, a pandemia de coronavírus deixou exposta a fragilidade das instituições, evidenciando-se a pouca colaboração que existiu entre os entes governamentais da federação brasileira, no sentido de fazer frente à doença dela decorrente: a Covid-19. A crise deflagrada entre o presidente da República e os governadores é um exemplo desse enfrentamento institucional, que tinha como pano de fundo a proximidade das eleições de 2022, em razão do interesse de alguns governadores se candidatarem à presidência da República, a cujo cargo Bolsonaro pretendia recandidatar-se.

Os atos de corrupção durante esse período pandêmico, por agentes públicos e privados, não foram poucos, que se aproveitaram da liberação de processo licitatório para a aquisição de equipamentos, medicamentos e demais serviços de saúde, em razão da situação de emergência[38].

Os números de mortos e infectados pela Covid-19 parecia ser uma espécie de termômetro dessa crise, muito embora se saiba que a desigualdade social foi o grande agente de vulnerabilização da população brasileira frente a essa doença[39].

---

38 A Declaração de Emergência em Saúde Pública de Importância Nacional (ESPIN), em decorrência da Infecção Humana pelo novo Coronavírus (2019-nCov), deu-se por meio Lei nº 13.979, de 6 de fevereiro de 2020. O art. 4º dessa Lei estabelece a dispensa de licitação para aquisição de bens, serviços e insumos de saúde destinados ao enfrentamento da emergência de saúde pública de importância internacional decorrente do coronavírus.

39 Em 26 de setembro de 2020, foi publicado um artigo na revista *The Lancet* que colocava mais um termo no glossário do coronavírus. Ao invés de pandemia, o mundo estaria diante de uma "sindemia", que se caracteriza por interações biológicas e sociais que aumentam a suscetibilidade de uma pessoa a piorar seus resultados de saúde. Isso significa que o vírus não atua sozinho, mas em conjunto com outras doenças não transmissíveis, a exemplo da obesidade, insuficiência cardíaca, dentre outras. Abordar a Covid-19 como uma "sindemia" significa lançar um olhar mais amplo do que aquele puramente sanitário, pois abrange temas como educação, emprego, moradia, alimentação, meio ambiente, dentre outros.

Diante de tantos desmandos administrativos e de tamanha fragilidade social, depois de pouco mais de dois anos de pandemia (em 29 de julho de 2022), o Brasil ocupava o triste 2º lugar no ranking mundial de mortos por Covid-19, com 677.804 brasileiros falecidos, ficando atrás apenas do EUA, com 1.018.670[40].

As coisas só não foram piores no Brasil por causa da pressão do Poder Legislativo, cujos membros haviam assumido em 2019, com ampla renovação política no Senado e na Câmara de Deputados[41]; pela produção de vacinas em terras nacionais; e pelo Sistema Único de Saúde que, mesmo tendo entrado em colapso em determinados lugares e em alguns momentos dessa triste história, portou-se do melhor modo possível para atender quem precisava e pôr em marcha a vacinação em todo o país, com número de vacinados que, muitas vezes, alcançava cifras superiores a 2.000.000 de doses diárias aplicadas.

Em que pese essa problemática situação, não se pode deixar de mencionar o apoio emergencial aos vulneráveis durante todo o período da pandemia, com programas de transferência de renda sem precedentes no país, ora por iniciativa do Poder Legislativo, ora do Poder Executivo.

---

40 Ver os dados da Organização Mundial da Saúde (OMS) sobre as mortes por Covid-19. Disponível em: <https://covid19.who.int/table>. Acesso em: 2 ago. 2022.

41 Por ocasião das eleições de 2018, que elegeu o presidente da república, senadores, deputados federais e governadores, os brasileiros demonstraram toda a sua fúria mediante a utilização do voto, mediante a renovação dos parlamentares, como forma de tentar sair da "velha política". No Senado, das 54 vagas que se encontravam na disputa eleitoral, 46 delas foram ocupadas por novos nomes, ou seja, 85% de renovação. Por sua vez, na Câmara de Deputados, esse movimento foi de aproximadamente 50%. Em um quarto de século, não se via nada parecido nesse sentido.

Nesse ambiente da pandemia de Covid-19, no Natal de 2021, nasceu minha neta Maria. O seu nascimento se deu no momento em que havia uma redução no número de mortos por Covid-19: 163 mortos, em 24 horas. Esse momento se encontrava entre a segunda e a terceira ondas da pandemia, que tiveram seus respectivos picos de mortos em 24 horas, em 6 de abril de 2021 (4.068 mortos) e em 8 de fevereiro de 2022 (1.172 mortos)[42]. Quando ela nasceu, 78% das pessoas tinham tomado a primeira dose, sendo que 67% da população estava totalmente vacinada. Pode-se dizer que ela nasceu em um momento de "relativa tranquilidade", dentro de um processo pandêmico que parecia nunca acabar.

Contudo, quanto Maria nasceu, no final de 2021, pode ser mencionado o estado de deterioração em que se encontrava a economia brasileira, cuja inflação havia alcançado 10,06%, muito acima do teto de 5,25% estabelecido pelo Conselho Monetário Nacional (CMN), fato que não se via há seis anos[43]. Mesmo assim, verificava-se um processo de sua recuperação, que pode ser medido pela redução da taxa de desemprego em maio de 2022, que havia caído para 9,8%.

Por tudo o que se assistiu, constata-se que as condições que envolvem os países são muito voláteis, tanto por

---

[42] Ver a curva de dados estatísticos disponíveis em: <https://news.google.com/covid19/map?hl=pt-BR&mid=%2Fm%2F015fr&gl=BR&ceid=BR%3Apt-419>. Acesso em: 2 ago. 2022.

[43] Ver artigo da CNN Brasil Business, de Ligia Tuon, de 11.1.2022: *Inflação fecha 2021 a 10,06%, acima do teto da meta e no maior nível em 6 anos*. O grupo transportes teve o maior peso no resultado do ano, seguido pelo custo da habitação e alimentação e bebidas. Juntos, esses três grupos responderam por cerca de 79% do IPCA de 2021. Disponível em: <https://www.cnnbrasil.com.br/business/inflacao-fecha-2021-a-1006-acima-do-teto-da-meta-e-no-maior-nivel-em-6-anos/>. Acesso em: 4 ago. 2022.

questões internas como externas. Em uma década, tudo pode mudar. Em 2002, o saguão do Aeroporto de Guarulhos estava cheio de gente indo embora do país. Depois de 2008, com a crise mundial, o Brasil voltou a receber quem tinha saído, além de técnicos especializados do mundo todo. Como indicativo desse florescimento técnico-econômico do Brasil recente, bastava ir aos escritórios das avenidas Paulista e Luís Carlos Berrini, da cidade de São Paulo, onde pulsam as grandes decisões econômicas do país, para se ter uma ideia de quantas línguas eram faladas nos escritórios de empresas nacionais e multinacionais, que contratavam "técnicos de fora", pois, naquele momento, o Brasil não dispunha de profissionais para atender a tantas demandas laborais de alta qualificação. No entanto, a partir de 2015, os indicadores socioeconômicos se alteraram significativamente, expondo o grave quadro de deterioração das condições socioeconômicas do povo brasileiro.

Nesse cenário desolador, não se pode deixar de mencionar a polarização política entre a "esquerda e a extrema direita", que vem se acentuando desde as eleições de 2018, quando o então candidato à presidência da República Jair Bolsonaro foi esfaqueado durante a sua campanha política no meio de correligionários e de pessoas que o acompanhavam. Em 2022, essa violência política pode ser aferida pela ausência de Lula e Geraldo Alkmin, no dia 21 de julho desse ano, na convenção do Partido dos Trabalhadores (PT), que oficializou a candidatura de ambos nas eleições presidenciais.

Diante do fraco desempenho da economia brasileira, da insegurança política e dos conflitos entre os poderes da República, com o agravamento das consequências da pandemia da Covid-19, tudo isso favorece o processo migratório, tanto de profissionais qualificados como de pessoas comuns que buscam alternativas de trabalho e de estudo no exterior. Até mesmo aqueles que estão empregados cogitam a possibilidade de migrar. Afinal, não são somente questões econômicas que povoam a mente dos migrantes. E é assim que se engrossam as fileiras da gigantesca terceira onda migratória, que faz aumentar, a cada dia, a diáspora dos brasileiros no exterior.

Tudo é fugaz! Isso quer dizer, também, que tudo pode mudar, para melhor, pois, felizmente, nada é eterno. Como se diz no Brasil: "A esperança é a última que morre"! Contudo, a crença de que o Brasil é o país do futuro vem sendo bastante abalada ao longo das últimas décadas.

Capítulo 7:
Migrar é preciso

7.1 A DIFICULDADE DE ROMPER AS FRONTEIRAS DOS ESTADOS NACIONAIS

Os movimentos migratórios podem decorrer de catástrofes naturais, a exemplo da geada que se abateu sobre os cafezais de Londrina e afetou profundamente a vida da família Ogata, em 1954. Essa circunstância teve como consequência o deslocamento da família inteira para a cidade de São Paulo, alguns anos mais tarde.

Uma situação equivalente a ser lembrada é a destruição das plantações de batata de minha família, entre 1951 e 1952, em razão da "revolta das águas" do Mar Adriático, que se arrebentaram no paredão de calcário de Polignano a Mare. Esse fato impulsionou a migração de minha família para o Brasil, de modo a recomeçar minha história, também, na cidade de São Paulo.

O processo migratório pode decorrer de eventos extremos, a exemplo das secas, que fez com que muitos baianos e outros nordestinos procurassem trabalho nos cafezais das regiões Sudeste e Sul do Brasil, na primeira metade do século XX.

Os movimentos populacionais de massa podem se originar de catástrofes humanitárias decorrentes de guerras, a exemplo do que ocorreu após as guerras mundiais, que deixaram o continente europeu arrasado e, momentaneamente, com poucas perspectivas de trabalho. Nesse sentido, vale lembrar a situação de penúria em que se encontrava o Japão durante os períodos de guerras mundiais, sem falar em sua superpopulação, da qual grande parte se encontrava em situação de miséria, decorrente da grave instabilidade econômica, política e social. Não dá nem para imaginar que o Japão de hoje, país de Primeiro Mundo, tenha passado por situações dessa natureza.

Vale ressaltar, ainda, as consequências decorrentes das crises cíclicas do capitalismo, a exemplo da crise de 1929, com a quebra da bolsa de Nova York (fazendo com que o Brasil acabasse queimando a produção de café para manter os preços no mercado internacional); das crises do petróleo (de 1973 e 1979); além da crise financeira de 2008.

Não se deve esquecer das massas humanas deslocando-se a pé, de barco e de todos os meios possíveis, fugindo dos horrores da guerra e de perseguições políticas de toda ordem, que vêm ocorrendo no Oriente Médio, na África e ultimamente na Ucrânia, deixando milhares de pessoas na condição de refugiados, conforme atestam os noticiários recentes. Corta o coração ver essa quantidade de gente que prefere morrer nessa trajetória a continuar em seus próprios países, que, constitucionalmente, deveriam protegê-los.

Nesse mundo em transe, a pacata cidade de Polignano a Mare, onde nasci, tornou-se rota de passagem de grandes contingentes humanos que chegam desesperadamente ao sul da Itália em busca de outras localidades europeias, na tentativa de encontrar um pouso seguro onde possam sentir um pouco de paz em suas sofridas vidas.

Do ponto de vista interno, no contexto das políticas governamentais brasileiras, as pessoas são, também, impulsionadas a migrar. Minha ida a Salvador com meu marido, em 1976, se deu em razão da política de desconcentração da economia brasileira, que visava reduzir as discrepâncias regionais existentes entre o eixo São Paulo X Rio de Janeiro e o restante do país. Foi também a política afirmativa governamental, que instituiu as cotas para as universidades públicas, que estimulou minha filha caçula a migrar, em sentido contrário, de Salvador para São Paulo.

A conturbada política econômica e social do Brasil, em sua história recente, também vem impulsionando movimentos migratórios para o exterior. Enfim, não faltam motivos para migrar. Logo, migrar é preciso, sempre que as condições de sobrevivência física, psíquica e emocional das pessoas sejam afetadas. Contudo, existem empecilhos à efetivação desse direito afirmado pela Organização das Nações Unidas (ONU), em 10 de dezembro de 1948, na Declaração Universal dos Direitos do Homem.

Esse ato declaratório da ONU estabelece que todo ser humano tem direito à liberdade de locomoção e residência dentro das fronteiras de cada Estado, bem como de deixar qualquer país, inclusive o próprio, e a este regressar[1]. A rigidez das fronteiras dos Estados nacionais é um dos empecilhos ao exercício pleno desse direito universalmente afirmado, especialmente quando se trata de fases de economia mundial recessiva.

Os Estados nacionais foram criados para proteger as pessoas da barbárie e dos desequilíbrios causados pelo uso da força por parte daqueles que a detinham. Assim, no ano de

---

1 Conteúdo do art. 13 da Declaração Universal dos Direitos do Homem.

1648, quando foram assinados os Tratados de Vestefália[2], pode se dizer que nasciam os Estados (países) com feições próximas àquelas que hoje se conhecem. Isso mostra que o Estado não existia e que ele é relativamente recente no mundo organizacional. A partir daí, passou a ter um papel vigoroso no comando da vida das pessoas.

Como tudo está em convulsão, não seria diferente com o Estado, que se encontra, igualmente, em crise profunda. Contudo, é por meio desses Estados que são postas em marcha as forças da globalização e dos demais processos dela derivados. É também o Estado nacional quem estabelece as importantes políticas públicas, que fazem muita diferença na vida das pessoas.

Considerando que os Estados foram instituídos para garantir a defesa dos interesses de seus nacionais, as fronteiras se fecham e deixam ao desalento um grande contingente de pessoas que não encontram abrigo em lugar nenhum, mesmo com a existência de inúmeros atos internacionalmente firmados que, em tese, defendem o direito tão humano de migrar.

Ainda que migrar seja considerado um direito universal, fica evidente que as pessoas podem sair de seus territórios. No entanto, o que não está clara é a obrigação de serem recebidas por algum outro Estado nacional.

---

2 Os Tratados de Paz de Vestefália são considerados marcos constitutivos do moderno sistema de Estados. Com esses tratados, inaugura-se o conceito de soberania estatal, pondo fim ao antigo sistema medieval que dava ao Império e ao Papado o direito de intervenção nos assuntos internos dos reinos e principados. Esses tratados foram firmados em 1648 pelo Sacro Império Romano com o Reino da Suécia (protestante) e com o Reino da França (católico). Nesse novo modelo institucional, ao Estado é atribuída a condição de ator principal das relações internacionais, mantidas por intermédio de corpos diplomáticos permanentes e reguladas pelo Direito Internacional.

De modo geral, os processos migratórios são estimulados por países interessados na questão da mão de obra. Nesses processos, é essencial a convergência de interesses mútuos, tanto do país emissor como do país receptor dessa mão de obra. Logo, não é qualquer um que pode migrar. Há a necessidade de serem atendidos os pré-requisitos estabelecidos por ambos os países para poder migrar, conforme se verificou nos processos postos em marcha pelo Brasil e pelos demais países que demandavam mão de obra, durante as grandes ondas migratórias, atendendo sempre aos interesses das partes envolvidas. Há que se entender que os processos migratórios, antes mesmo de atenderem ao desejo individual, muitas vezes satisfazem aos interesses dos Estados e das estruturas supraestatais[3].

No entanto, existe um paradoxo de difícil solução. O mundo global proporciona a livre circulação de bens, capitais e serviços, em espaços sem fronteiras, já que as grandes decisões econômicas, que afetam o Estado nacional, são tomadas fora de seu território. Contudo, esses Estados não garantem a livre circulação de pessoas e seus direitos. Assim, se está diante de uma trama de problemas praticamente insolúveis no atual ordenamento jurídico internacional: se exige fluidez para alguns aspectos e, para outros, se exige a rigidez territorial[4].

---

3 *Repensar los derechos de los migrantes desde abajo: una aproximación a la relación entre migración y derechos a partir del traslado entre sistemas de derecho,* de Adriana Medina Carrillo, Colección Textos de Jurisprudencia. Serie Maestría. Universidad del Rosário, 2011 (p. 107-10).

4 *Inmigración y diversidad humana. Una nueva era en las migraciones internacionales,* de Joaquín Arango Vila-Belda, em Revista de Occidente, n. 268, 2003 (p. 5-20).

O ser humano, diante de sentimentos de angústia e desesperança, busca sempre melhorar a sua vida, mesmo que isso implique em pagar com seu sangue, suor, lágrimas e, até mesmo, com a possibilidade de sua morte. No entanto, não se pode negar que, ao mesmo tempo, tudo isso se faz com a alegria de poder conduzir seu destino, de apostar alto no sonho de que existe algo melhor para se viver, em qualquer outro lugar do mundo.

7.2 ALGUMAS BREVES CONSTATAÇÕES

Este ensaio mostra como os fatos históricos nacionais e internacionais incidiram sobre a vida das pessoas de minha família. Todas elas passaram a ser testemunhas de determinadas épocas, cujos fatos nenhum livro de história oficial conseguirá contar. Ainda que essa história seja única, é preciso contá-la. Trata-se de fonte de informação para os descendentes de imigrantes italianos e japoneses de minha família, que precisam conhecer a saga que os levou a viver em determinados cantos deste mundo.

Apesar de relatar fatos relacionados com as peripécias das famílias Gravina, Giannuzzi, Ogata e Tsukumi em solo brasileiro, este ensaio mostra a dinâmica imposta pela história do final do século XIX, de todo o século XX e do início do século XXI. Como se vê, envolve todos nós! Em algum momento, alguns membros das diversas famílias tiveram, ou haverão de ter, alguma pessoa com a mala na mão, em busca de novos horizontes e desafios.

Duas questões me impulsionaram a entrar nessa aventura literária. A primeira se deu pela constatação de que o Brasil havia se tornado um país de emigração, a partir do final do século XX. Eu tinha uma ideia de que o Brasil era, e sempre seria, um país de imigração, que abria as portas para quem quisesse entrar.

A outra questão que me incentivou a escrever é de ordem familiar. Constatei que havia levado muito tempo para uma efetiva integração dos imigrantes de minha família com os membros do país que os acolheu. Somente em 2001, ano em que nasceu a primeira bisneta de Massatugo e Yuhiko, é que efetivamente passou a existir uma descendente de brasileiros fruto de uma grande mistura de povos decorrentes dos sucessivos fluxos migratórios que afluíram ao país. Isso significa que a efetiva integração consanguínea dos imigrantes japoneses com representantes do povo brasileiro levou cinco gerações, ou quase 90 anos, caso se considere o marco desse segmento temporal o ano de 1913, momento em que chegaram os primeiros membros da família Ogata no Brasil.

Por sua vez, do lado da família Gravina, essa integração teve como símbolo o ano de 2005, quando nasceu meu primeiro neto, e bisneto de Filomena e Vito Giuseppe, na terceira geração, contada a partir da chegada da minha família ao Brasil, em 1953.

Isso mostra que foi no século XXI, e na geração de meus filhos e sobrinhos, que começou a se verificar essa mistura dos imigrantes de minha família com os brasileiros! Antes deles, nas duas gerações anteriores, houve a mistura de descendentes de estrangeiros (italianos com japoneses, italianos com italianos, italianos com alemães, japoneses com japoneses), ainda que boa parte deles tivesse nascido no Brasil.

Assim, além da demora da miscigenação dos imigrantes da minha família com os brasileiros, alguns outros temas se mostraram relevantes, os quais serão abordados a seguir: a importância do casamento nas famílias de imigrantes; a dificuldade para retornar ao país de origem; o resgate das origens; a importância da família na vida do imigrante; a educação como forma de ascensão social e econômica; as marcas que os imigrantes deixaram nas terras que os acolheram; a eficiência do Brasil em forjar sua brasilidade; e o fortalecimento dos Estados nacionais no processo de migração.

A demora da miscigenação dos imigrantes e a importância do casamento

Da literatura consultada e da experiência vivida, constatei que essa demora se deu, inicialmente, porque os imigrantes não pretendiam ficar no país que os acolheu por mais de cinco anos. A ideia que povoava o imaginário desses migrantes era a de "fazer a América" e depois voltar à sua terra natal. Nesse contexto, a mistura de povos complicaria os planos desse retorno.

Com base nesse raciocínio, durante muito tempo, os japoneses acalentaram o plano de transformar seus filhos nascidos no Brasil em súditos do Imperador Japonês. Por essa razão, mesmo vivendo em um país em que se fala a língua portuguesa, essa não era a primeira língua aprendida por esses pequenos "súditos do Oriente". Isso motivou o aprendizado da língua japonesa e a manutenção dos costumes, mesmo às escondidas das autoridades da Era Vargas, que queriam abrasileirá-los a qualquer custo.

Ainda no conjunto de estratégias que os imigrantes adotavam para garantir que o retorno à sua terra natal não fosse dificultado, eles procuraram praticar a segregação de costumes e a manutenção da língua de origem pela via do casamento. Trata-se de um aspecto cercado por excesso de zelo e proteção, ainda mais quando se tratava do casamento do primogênito, que, tradicionalmente, tinha o dever de cuidar dos pais no momento em que chegassem a uma idade avançada.

Na prática, de nada adiantaram esses excessos de cuidado, pois o casamento das gerações subsequentes resistiu a essas pressões, quando todos se consideravam brasileiros. No caso de minha família, enormes transformações se deram em pouco tempo, de uma geração para outra. O casamento de meus sogros foi arranjado pelos pais, tão logo Yuhiko colocou os pés no Brasil, nos idos de 1936. No entanto, bastou chegar a geração de seus filhos (que começaram a se casar na década de 1970) para se verificar que nada mais ficou sob o controle dos genitores. Os filhos escolhiam aqueles com quem pretendiam se unir, fossem eles conterrâneos de seus pais ou não.

Essa convivência com os diferentes, no entanto, não se constituía problema nas relações de trabalho, em que os colonos italianos, japoneses e outros imigrantes, além de nordestinos (predominantemente baianos), se misturavam lado a lado nas fazendas de café, palco principal de atuação dos imigrantes japoneses oriundos da primeira onda migratória. Todos rezavam o terço à noite, pelo menos uma vez por mês, nas casas das devotas famílias italianas, com comida e bebida ofertadas pelos donos da casa em que se realizava esse ritual católico, na maior harmonia e entendimento[5].

Ressalte-se, também, que os brasileiros tinham muitas reservas em relação aos imigrantes, pois eram pobres, muitos dos quais miseráveis, razão pela qual não eram considerados dignos de muita confiança. Para ilustrar essa incômoda situação, houve o tempo em que se podia ouvir a cantoria, nas esquinas de São Paulo, pelos intolerantes:

Carcamano pé de chumbo
Calcanhar de frigideira
Quem te deu a confiança
De casar com brasileira?[6]

Ocorre, contudo, que os imigrantes italianos trabalharam, prosperaram, se integraram e acabaram se casando, cada vez mais, com as brasileiras.

---
5 Informação trazida por Yuhiko Ogata.
6 *Italianos no Brasil: "andiamo in 'Merica'"* (op. cit., p. 293).

Seja como for, houve demora na integração dos imigrantes japoneses e italianos de minha família com os brasileiros, mostrando que a mistura de povos, apesar de parecer algo um tanto óbvio, especialmente em um país miscigenado como o Brasil, não se dá de forma automática. Isso significa que os aspectos culturais não se alteram de uma hora para outra. Nessa esfera cultural, as coisas se transformam lentamente, sendo necessárias algumas gerações para se efetivarem.

A mistura de etnias, contudo, não implica apenas transformações culturais. Conforme se verificou ao longo deste ensaio, foram diagnosticados problemas de ordem física/congênita em Mayumi e Marina, minhas filhas mais velhas, os quais foram, felizmente, superados sem sequelas. A promoção da mestiçagem, tudo indica, não se faz sem custo, seja ele de ordem física ou cultural.

A dificuldade para retornar ao país de origem: o poder das crianças

Um capítulo especial deve ser dedicado às crianças que nasceram no Brasil, descendentes de pais imigrantes. De modo geral, elas foram criadas longe dos avós, e isso é algo a se lamentar, já que perderam a oportunidade de conviver com as pessoas mais experientes da família. Com a migração de meus pais, foi-me tirada a chance de viver perto das minhas avós, Ângela e Maria, pessoas íntegras e amorosas.

Esse afastamento dos parentes, tão comum aos migrantes, faz com que toda a responsabilidade da educação das crianças recaia sobre os pais, que têm que assumir tudo o que diz respeito à vida delas.

As crianças descendentes de imigrantes assimilam rapidamente os costumes do lugar. No meu caso, assimilei muitos aspectos da cultura japonesa, quando eu era criança e adolescente, pelo fato de ter convivido intensamente com as crianças da família Matsuzaki, na Granja Viana. Sem saber, tornei-me uma "japonesa", fato de que somente me dei conta quando ouvi o comentário do gerente do hotel onde morei durante seis meses, na cidade de Kurashiki, no Japão. Ele disse que eu era a "ocidental" mais "oriental" que ele já tinha conhecido, após observar o meu comportamento durante os meses em que me hospedei no hotel. No entanto, Takayoshi, meu marido, que aprendeu japonês antes mesmo de falar português, assimilou muitos costumes dos italianos que lotavam as fazendas paulistas e paranaenses de plantação de café. Ele não é um japonês tradicional. Tem muito de italiano em sua forma de ser.

Assim como as crianças são sensíveis à assimilação dos aspectos culturais que gravitam a seu redor, elas também influenciam fortemente na decisão dos pais no momento em que pretendem retornar ao país de origem. Elas não querem se afastar de sua pátria, de seus amigos, e não veem motivos para viver em terra que não lhes pertence, nem de fato e nem de direito. Nelas, prevalece a cultura das ruas, das escolas, da brasilidade, antes mesmo de se lembrarem de que são descendentes de quem quer que seja. Ainda que tenham nascido no exterior, quando migram com pouca idade (como no meu caso), elas não se sentem estrangeiras na terra em que cresceram. Nesse sentido, as crianças são poderosas e, sem saber, desde pequenas, já estão traçando seus próprios destinos!

Quanto ao retorno ao país de origem dos membros das famílias Ogata e Tsukumi, isso somente foi possível muito tempo depois, e apenas para visitar os parentes. Shizue, a primeira imigrante da família, retornou quatro décadas após ter saído da terra natal, quando sua mãe já havia falecido. Quanto à Yuhiko, minha sogra, somente voltou ao Japão, como turista, 45 anos depois de emigrar, ocasião em que encontrou um Japão moderno, completamente diferente do que tinha deixado para trás; enfim, uma terra que não mais conhecia.

Isso mostrou que os aspectos emocionais envolvidos na questão do retorno à terra natal, na maioria das vezes, representam maior complexidade do que aqueles que impulsionam a saída do emigrante em busca do desconhecido. Mesmo que as condições de retorno possam ser aparentemente previstas, acabam sendo desmotivadoras, pois traduzem uma sensação de derrota quando o imigrante não conseguiu "fazer a América" no prazo que havia planejado. Nesse momento, os aspectos psicológicos são determinantes no sentido de afastar a ideia desse retorno, e, em meu caso particular, meu pai não conseguiu convencer as quatro mulheres da família (esposa e três filhas) de que o retorno seria uma coisa boa para todos nós.

Embora a literatura aponte que há um certo percentual de retorno de imigrantes, no caso de minha família, houve apenas três eventos de retorno, que se deram em circunstâncias específicas. Uma delas ocorreu em razão do rimpatrio gratuito, decorrente da exigência do governo italiano para que meu avô Michele Gravina fosse lutar na Guerra da Líbia, em 1911.

Outra situação de retorno se deu no caso de Norihide Tsukumi, que voltou definitivamente ao Japão, com a esposa e duas filhas adultas. Vale lembrar que ele emigrou para o Brasil com toda a família, em 1936, quando tinha 1 ano e meio de idade.

A terceira circunstância de retorno refere-se à fixação da minha residência na Itália como ato essencial para a reaquisição da cidadania italiana, época que coincidiu com o início da pandemia de coronavírus. Excetuando-se esses casos, nenhum outro imigrante da família retornou à sua terra natal, definitivamente.

Por incrível que pareça, é mais fácil tomar a decisão de partir rumo ao desconhecido do que voltar ao país de origem, isso porque os imigrantes conseguem visualizar os supostos ganhos, de diversas ordens, apoiados nas informações recebidas pelos seus conterrâneos, que atestam a conveniência da ida para as terras novas. Além disso, a propaganda governamental induziu milhares de pessoas, muitas das quais em estado de miséria, a migrarem para qualquer parte do mundo, onde quer que se vislumbrasse a possibilidade de uma vida melhor.

Além da situação das crianças, é importante lembrar de quem migrou em idade adulta, como foi o caso dos meus pais e da minha sogra. Eles não se naturalizaram brasileiros, acabaram ficando no meio do caminho, pois não eram nacionais da terra em que escolheram viver, e nem tampouco conseguiram acompanhar a alteração de costumes de suas respectivas terras de origem. Diante dessa situação, sentiam-se como se não pertencessem, verdadeiramente, a lugar nenhum. Esses imigrantes ficam na condição de "hóspedes", sem o exercício de direitos políticos, se esforçando para seguir, de longe, o que ocorria na sua terra natal, fato esse que pode ser melhor acompanhado depois da chegada da TV a cabo.

O resgate inconsciente das origens

Outro ponto interessante, recorrente ao longo dos fatos narrados neste ensaio, diz respeito à atração dos descendentes dos imigrantes de minha família, mesmo que involuntária, pelos locais de origem de seus ascendentes. É o caso de minha filha Marina, que acabou estudando na região em que sua avó Yuhiko havia saído, há 70 anos. Nesse mesmo contexto, pode ser citada a ida de minhas cunhadas e sobrinhos, na condição de *decasségui*, para trabalhar na terra de seus ascendentes.

Vale lembrar, também, o caso de minha irmã Michelina, a única irmã nascida no Brasil, que acabou morando um período de sua vida na cidade em que eu nasci. Ela teve a oportunidade de conviver com meus tios e primos, façanha que somente consegui realizar a partir de 2020, quando resolvi resgatar a minha cidadania italiana perdida.

Outro ciclo, nesse mesmo sentido, se refere ao deslocamento de meu filho Leonardo, de Salvador para São Paulo, para morar com minha mãe, na casa em que eu morei desde criança. Ele percorria os mesmos trajetos que eu fazia para estudar na escola da Granja Viana e, posteriormente, na Universidade São Paulo (USP), locais em que eu e ele frequentamos, em épocas distintas.

Na verdade, parece que as pontas dessas linhas, aparentemente soltas, precisavam ser unidas para darem sentido e resgate a esse ciclo de aventuras familiares. Não deixa de ser emocionante verificar que algo puxou essas pessoas, como se fosse um ímã, para onde se originaram os processos migratórios aqui narrados.

As viagens constantes, as mudanças de casa e de país mostram que qualquer lugar pode ser sua morada. Esse é um dos legados que meus antepassados deixaram para seus descendentes: a busca da felicidade em qualquer canto do mundo, onde ela possa existir. De alguma forma, os filhos acabam fazendo o mesmo que os pais: se desterritorializaram. Contudo, as raízes são importantes e não se perdem, necessariamente, por causa disso. Elas podem ser criadas e recriadas, o tempo todo, em novos lugares, bastando, para isso, não se descuidar da relação com os verdadeiros amigos.

Para manter as raízes é necessário o conhecimento da língua falada pelos pais e avós. A manutenção do idioma algo muito precioso, seja para ter acesso à própria origem, seja para ser um diferencial nas oportunidades profissionais, como se verificou com meu marido, minhas cunhadas Mieko e Shizuko e minha irmã Michelina, que usavam a língua dos pais no exercício das suas profissões. O conhecimento da língua sempre é um diferencial que abre as portas para boas oportunidades de trabalho.

No meu caso, conhecer o dialeto da Puglia me possibilita a comunicação com meus primos e tios, dando-me a sensação de que nunca saí dali. Afinal, falar o dialeto com os parentes que se encontram na faixa dos 80 a 90 anos de idade tem um valor inestimável no processo de comunicação.

Os pais empobrecem a vida de seus filhos quando deixam de ensinar a língua dos antepassados, pois os afasta do grande tesouro cultural a que teriam direito de acesso. Essa falha é bastante comum às famílias de migrantes, fato constatado, principalmente, a partir da terceira geração.

No caso da minha família, vale a pena mencionar o vínculo que minha irmã Michelina estabeleceu com o Brasil, mesmo morando na Alemanha. Ela conseguiu manter a língua portuguesa viva dentro de casa. Sua filha alemã, quando vem ao Brasil, comunica-se em bom português, com facilidade, deixando-a orgulhosa por acessar o "mundo dos brasileiros", que também lhe pertence!

A importância da família na vida do imigrante

Outra constatação que este ensaio revela é o quanto a família é importante na vida de um imigrante. A diáspora em terras estrangeiras aumenta na medida em que um chama o outro, formando-se um grande fluxo migratório. Quando há subsídios para esse deslocamento, as coisas ficam bastante facilitadas. No caso do Brasil, essas garantias existiram, seja porque foram oferecidas por governos (brasileiro, italiano ou japonês), seja porque foram propiciadas pelos próprios interessados diretos na contratação da mão de obra, como foi o caso dos cafeicultores que, em determinados momentos, interferiram na condução do processo migratório.

O apoio familiar de meu tio Pasquale Giannuzzi foi essencial para a vinda da minha família ao Brasil. Ele providenciou a documentação exigida pelo governo, no âmbito do Acordo Brasil-Itália, de 1950, a exemplo da Carta de Chamada e do Compromisso de Trabalho.

O mesmo se deu com a família Ogata, que foi receber os Tsukumi no Porto de Santos e, depois, pagou a multa contratual para retirar seus parentes da fazenda em que foram alocados, na região de Ribeirão Preto, no interior do Estado de São Paulo. A família tudo fez para tirá-los das difíceis condições em que se encontravam, para levá-los à nova frente de expansão agrícola, em que chegaram mais facilmente à condição de proprietários de terra.

A família é o esteio no qual os migrantes se apoiam para dar esse passo tão decisivo em suas vidas, seja em processos migratórios ultramarinos, seja em próprio território nacional. Assim, Takayoshi foi amparado pelos tios Francisco e Sueco quando se deslocou de Londrina para São Paulo. Por sua vez, seus pais e irmãos se sentiram apoiados quando fizeram o mesmo trajeto para São Paulo. Da mesma forma, os Matsuzaki receberam o amparo de seus familiares quando o chefe de família ficou desempregado.

Além desses exemplos, não se pode esquecer da disponibilidade das avós em receber os netos. Meu filho Leonardo foi morar com a *nonna* Filomena, e minhas filhas Marina e Nara moraram com a *batchan* Yuhiko. As avós sempre estiveram dispostas a ajudar a família.

Com a globalização, muitas coisas se alteraram em todos os lugares. Nesse contexto, a família também se modificou, constatando-se que mesmo havendo o abandono de alguns costumes, e até mesmo da língua, a família não tem perdido a capacidade de apoiar seus membros nos processos migratórios.

A educação como forma de ascensão social e econômica do imigrante

Considerando que os imigrantes, de modo geral, tiveram poucos anos de escolaridade em seus países de origem, ter um diploma acabou se tornando uma meta familiar. A educação sempre foi vista como uma estratégia para se alcançar a desejada ascensão social e econômica. De modo geral, as gerações mudam sua qualidade de vida quando conseguem elevar seu grau de instrução.

Para se verificar o poder da educação na vida das pessoas, basta ver a condição de Uga, mãe da minha sogra, descendente de samurais que, com seu bom nível de escolaridade obtido no Japão, conseguiu levar adiante sua família após a morte prematura de seu marido em terras brasileiras.

A importância da educação pode ser igualmente constatada no romance Capitão Belo, que conta a história dos parentes alagoanos de meus netos Leonardo e Tiago. A derrocada econômica do senhor de engenho e a consequente pobreza em que se viram seus descendentes tiveram suas tendências revertidas a partir do acesso das gerações subsequentes à educação.

Como resultado dessa meta familiar de ascensão social e econômica, por meio da educação, verifica-se que quase todos os descendentes dos imigrantes italianos e japoneses de minha família têm nível superior e atuam profissionalmente em áreas modernas da economia. Esse é o legado que os imigrantes têm deixado para o país que os acolheu.

A educação pode tudo, ou quase tudo, como meta transformadora da sociedade. Não é à toa que o sistema de reserva de cotas nas escolas técnicas e universidades públicas vigente no país tem sido defendido com unhas e dentes por aqueles que procuram encontrar uma luz no fim do túnel, em busca de sua elevação socioeconômica.

As marcas que os imigrantes deixaram nas terras que os acolheram

Os "meus imigrantes" deixaram marcas por onde passaram: desde nomes de ruas e praças (rua Polignano a Mare e Praça Yochio Ogata, ambas na cidade de São Paulo; e rua Giulio Torres, em Cotia), bem como eventos que integram o calendário da cidade de São Paulo, como a festa de São Vitor Mártir, e as festas japonesas que se realizam em algumas cidades brasileiras.

Não preciso nem falar da importância dos imigrantes na culinária (a pizza, a macarronada, o sushi etc.), nas artes, na música, na literatura e em tantos outros aspectos culturais.

A eficiência do Brasil em forjar sua brasilidade

O Brasil foi muito eficiente no sentido de incutir a brasilidade nos descendentes de imigrantes. O curioso é que, mesmo que tenha se metido nessa grande mistura de culturas e com suas gigantescas dimensões territoriais, o país vem conseguindo cultivar e manter a identidade do povo brasileiro.

É bem verdade que a quantidade de imigrantes que o país recebeu não se compara às proporções recebidas pelos Estados Unidos, pela Argentina e pelo Canadá. Enquanto no Brasil, em um século (entre 1840 e 1940), a proporção de imigrantes foi da ordem de 19%, na Argentina, nos Estados Unidos e no Canadá, essa proporção foi de, respectivamente, 58%, 44% e 22%[7].

Isso mostra que o Brasil conseguiu a mão de obra estrangeira que queria sem, contudo, comprometer sua identidade de povo e nação. No entanto, isso não quer dizer que o governo brasileiro conseguiu controlar tudo o que dizia respeito aos fluxos migratórios e às suas consequências. Acabou se tornando palco de movimentos sociais, logo no início do século XX, quando começaram a chegar os imigrantes que participaram da formação de partidos socialistas, especialmente na

---

[7] Informação oficial disponível em: <http://www.ibge.gov.br/home/presidencia/noticias/29092003estatisticasecxxhtml.shtm>. Acesso em: 26 abr. 2017.

Itália. Além disso, enfrentou problemas com os imigrantes japoneses que transformaram o território brasileiro em campo de batalha, em uma luta fratricida após a Segunda Guerra Mundial, quando a maioria deles não acreditava que o Japão havia perdido essa guerra.

Assim, as normas brasileiras referentes a essa matéria se direcionavam no sentido de recepcionar os imigrantes que convinham ao país, em suas distintas fases históricas, seja para substituir a mão de obra escrava nas áreas de lavoura no final do século XIX, seja para trabalhar nas indústrias. Isso porque o Brasil foi se transformando de país agrário em um país fortemente urbano, onde as indústrias de bens de consumo e produção tiveram importante papel nesse processo de concentração urbana.

O fortalecimento dos Estados nacionais no processo de migração

Os Estados nacionais são a grande fonte do Direito, a partir dos quais são operados os mecanismos do mundo global. Esses Estados se definem como unidades de legalidade e justiça, bem como de decisão política dentro dos espaços demarcados por suas fronteiras. Contudo, não se pode deixar de mencionar que, ao longo do tempo, eles vêm se fortalecendo e se transformando. Durante as migrações da primeira onda migratória, por exemplo, percebeu-se quão débil foi a atuação da Itália em seu papel de Estado nacional frente àquele movimento migratório de massa. Essa fraca atuação foi identificada na literatura, também, em relação à postura de vários outros Estados, nessa mesma fase.

Por sua vez, o Japão teve uma atuação mais proativa em relação aos seus nacionais, pois, de algum modo, esse país entrava em cena sempre que se verificavam situações de extrema gravidade, a exemplo do socorro que prestou aos seus emigrados no momento em que grassava a febre amarela no interior de São Paulo. Além disso, enviava professores do Japão com o objetivo de ensinar a língua japonesa aos descendentes de imigrantes, como forma de manter viva a tradição japonesa, onde quer que seus nacionais e descendentes estivessem.

Contudo, ao longo do século XX, os Estados se fortaleceram ao mesmo tempo em que cresceu o controle fronteiriço. Como forma de exercer esse controle, passou-se a exigir passaporte, especialmente a partir da Primeira Guerra Mundial, quando o número de imigrantes e refugiados se tornou expressivo, em uma proporção não conhecida anteriormente[8].

Ainda que o Estado seja poderoso e soberano, não tem sido capaz de dar as respostas que dele são demandadas, no que diz respeito à questão migratória. Em razão da rigidez territorial que os Estados impõem, acabam surgindo barreiras que impedem muita gente de migrar, já que as fronteiras não estão abertas para todos.

É nesse contexto que a imigração ilegal vem sendo um tema internacional que escapa, e muito, ao controle dos

---

8 Las migraciones internacionales, de Francisco Alba, Editora Tercer Milenio, México, 2001 (p. 12).

Estados nacionais, porque nenhum deles, sozinho, tem condições de resolver ou minimizar, mesmo que o controle das fronteiras continue sendo o mecanismo básico para regular a imigração em seu território. Ressalta-se, nesse sentido, a experiência comunitária supranacional da União Europeia, que tem tudo para se fortalecer, muito embora possa parecer o contrário, especialmente quando são ouvidos os discursos políticos, que atacam a questão migratória como principal tema das suas campanhas partidárias.

À medida que avançam os processos migratórios da terceira onda, em uma fase economicamente recessiva, muitas pessoas ficam entregues à própria sorte, sem o amparo dos seus países, que têm a obrigação de protegê-las.

Hoje em dia, os noticiários mostram milhares de pessoas vindas da África e da Ásia atravessando o Mar Mediterrâneo em busca do continente europeu, em condições piores que aquelas em que se viam nas travessias ultramarinas dos imigrantes que buscavam a América durante as duas primeiras ondas migratórias. O ser humano, supostamente protegido por declarações universais, vem sendo tratado como mercadoria. Muitas vezes, esses pobres homens, mulheres e crianças terão dificuldades até mesmo para encontrar um lugar para descansar seus cadáveres.

O curioso de tudo isso é que as fronteiras, tão levadas a sério, nada mais são que "um capricho da história", já que não são inalteráveis e, muitas vezes, foram impostas de forma arbitrária[9].

---

9 *El azar de las fronteras: Políticas migratorias, justicia y ciudadanía* (op. cit., p. 81).

7.3 A SAGA CONTINUA

Diante de tudo isso, pergunta-se: há algo mais humano do que migrar? Assim, para onde irão os bisnetos de Massatugo e Yuhiko e de Vito Giuseppe e Filomena? Ficarão no Brasil ou estarão com os pés na estrada, já que abriram precedentes quando se deslocaram de continentes longínquos para tentarem a vida em outros cantos do mundo? Suas vidas estão envolvidas por raciocínios e histórias de três continentes: Europa, Ásia e América. Isso significa que não será improvável que venham a se aventurar por aí!

Seja como for, migrar é preciso. É humano migrar! A história do mundo não se sustentaria sem a migração de pessoas, seja de aventureiros, trabalhadores, empresários, operários etc. O capitalismo mundial, em suas crises cíclicas, empurra as pessoas de um lado para outro. Não é sem razão que são utilizadas expressões como "fluxo" e "onda" para indicar direcionamentos e comandos, que não podem ser desconsiderados, ainda que existam importantes aspectos individuais envolvidos na tomada de decisão, no momento de migrar.

Com o *background* histórico-cultural de seus antepassados, com seus dramas vividos nos engenhos de cana e nas fazendas de café, e nas culturas milenares que cercaram o império japonês e o mundo do Mediterrâneo, não se permite esquecer o complexo cultural que os cerca: da pizza e da macarronada, do sushi e do acarajé[10] e outras iguarias que refletem uma pequena parte do caldo de cultura em que foram forjados esses descendentes de corajosos ancestrais.

Diante disso, pergunta-se: quais serão os palcos de atuação das minhas bambinas Ayumi e Maria, e dos meus samurais Leonardo, Tiago e Bernardo, a partir dos estímulos originários dos processos familiares e globais?[11]

Caso migrem, talvez tenham as mesmas dificuldades que seus antepassados tiveram para voltar a sua terra natal. Mesmo depois de migrarem, pode ser que acabem se fixando em São Paulo, como aconteceu com a minha geração e a de meus filhos. Talvez nem seja difícil dizer isso, pois não se pode negar a importância dessa cidade global e multicultural. Trata-se de uma urbe que trabalha sem parar, que tem a cara de todos os cidadãos que por ela passaram, e vêm passando, sejam estrangeiros ou brasileiros, que para ela se dirigiram em razão do enorme êxodo rural ao qual o país foi submetido durante tantas décadas.

De qualquer modo, é importante que os descendentes aprendam a falar a língua de seus antepassados e que estudem muito para enfrentar as exigências do presente momento histórico, pois muita coisa vai depender da fase em que se encontrará o capitalismo mundial: recessiva ou em expansão!

Que eles possam viver o tempo suficiente para conhecer o

---
10 O acarajé é uma comida tradicional no Estado da Bahia, feita de feijão, camarão e temperos, que teve sua origem a partir dos processos migratórios relacionados com os escravos vindos da África.
11 As Figuras 12 a 15, dos Anexos, mostram fotos dos meus netos.

novo significado das fronteiras; que esteja mais próximo do ideal libertário que John Lennon[12] tão bem expressou na canção *Imagine:* que elas não sejam tão inflexíveis, a ponto de impedir o ato de migrar, por quem quer que seja.

Não há dúvida de que essas crianças de minha família continuarão incrementando o processo de miscigenação étnica e cultural, seja no país em que nasceram, seja em outro que porventura venham a escolher para viver. Afinal, o mundo se tornou um território de todos, e qualquer lugar poderá ser palco para suas estripulias.

Que minhas bambinas, meus samurais e todos os meus descendentes possam se desenvolver e crescer em um mundo mais justo; que façam parte da construção de uma nova era, dando sequência à saga de seus antepassados, que, com esforços quase sobre-humanos, modesta e humildemente, contribuíram para a construção de uma nova sociedade, do outro lado do Atlântico!

"A bola agora está com vocês"!

---

12 A música *Imagine* de John Lennon instiga as pessoas a pensarem na utopia de viver em um mundo diferente: sem fome, sem religião, sem países e sem fronteiras, onde todos possam compartilhar a paz.

Eu e meus netos Tiago, Ayumi, Leonardo e Bernardo, em julho de 2021.
Foto de Nara Gravina Ogata.

Anexos

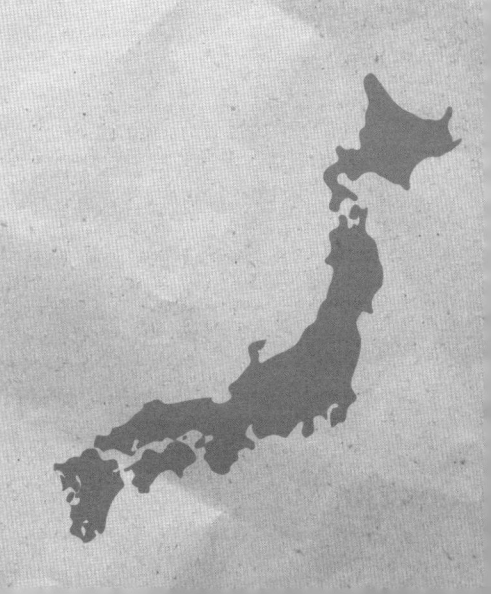

Figura 1 – A cidade de Polignano a Mare e sua localização na Região da Puglia, Itália.

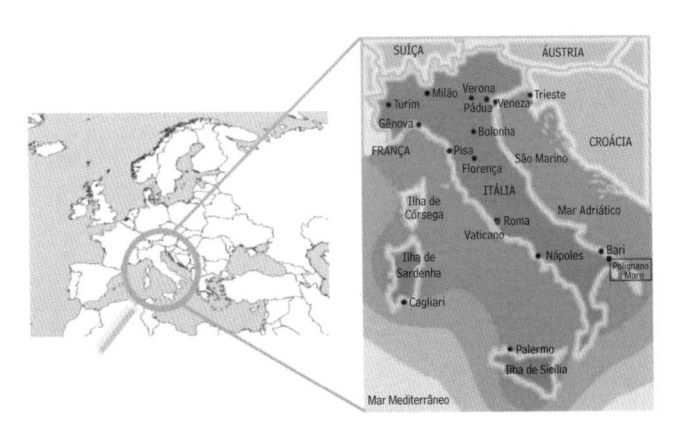

Fotos de Maria Gravina Ogata, junho de 2015.

Figura 2 – Minha avó Maria, seus 5 filhos, noras e netas.

Minha avó Maria e eu, no centro da foto: as duas Marias. Da esquerda para a direita, na parte superior, os 5 filhos da *nonna* Maria: Francesco, Donato, Pasquale, Vito Giuseppe (meu pai) e Ciccilo. Na parte inferior, a tia Lilina (esposa do tio Donato) e a minha mãe, com minha irmã Ângela nos braços, em Polignano a Mare, em 1953, pouco antes da migração dos meus pais para o Brasil.

Figura 3 – Os avós maternos.

A *nonna* Ângela Simone e o *nonno* Vito Michele Giannuzzi, em Polignano a Mare, em 1950, pouco tempo antes da vinda da minha família para o Brasil.

Figura 4 – O *torchio* do meu pai.

Equipamento construído no Brasil pelo meu pai Vito Giuseppe, em meados da década de 1960, para fazer o vinho da família.
Foto de Maria Gravina Ogata, abril de 2016.

Figura 5 – Minhas irmãs e eu, minhas primas e algumas crianças da família Matsuzaki.

Ao fundo, da esquerda para a direita: eu, minhas irmãs (Ângela e Michelina) e Júlia Matsuzaki.
Na frente: minhas primas (Ângela e Mariana Giannuzzi), Cecília e Suemi Matsuzaki.
Foto tirada na rua Santo Afonso, Granja Viana/Cotia, em 1963.

Figura 6 – A visita da minha avó materna ao Brasil.

Da esquerda para a direita: Vito Giuseppe (meu pai), Michelina (minha irmã caçula), Ângela Simone (minha avó materna), Filomena (minha mãe), Ângela (minha irmã) e eu, na frente de minha casa, na Granja Viana/Cotia, em 1969.

Figura 7 – Reconhecimento do Reino da Itália ao meu avô Michele Gravina.

Documento firmado pelo ministro da Marinha Italiana Enrico Millo que homenageia meu avô Michele Gravina por ter participado da Guerra Ítalo-Turca, de 1911 a 1912, da qual a Itália saiu vitoriosa.

Figura 8 – Carta de Chamada, instrumento que possibilitou a entrada de minha família no Brasil.

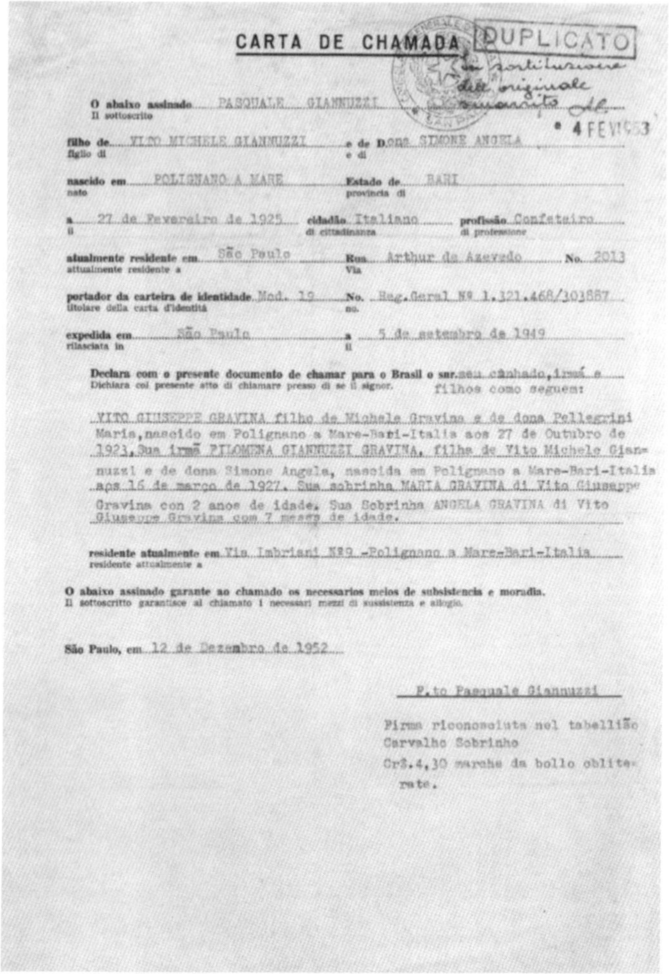

CARTA DE CHAMADA

DUPLICATO

O abaixo assinado PASQUALE GIANNUZZI
Il sottoscritto

• 4 FEV 1953

filho de VITO MICHELE GIANNUZZI e de D.ona SIMONE ANGELA
figlio di e di

nascido em POLIGNANO A MARE Estado de BARI
nato provincia di

a 27 de Fevereiro de 1925 cidadão Italiano profissão Confeteiro
il di cittadinanza di professione

atualmente residente em São Paulo Rua Arthur de Azevedo No. 2013
attualmente residente a Via

portador da carteira de identidade Mod. 19 No. Reg.Geral Nº 1.321.468/303887
titolare della carta d'identità no.

expedida em São Paulo a 5 de setembro de 1949
rilasciata in il

Declara com o presente documento de chamar para o Brasil o snr. seu cunhado, irmã e filhos como seguem:
Dichiara col presente atto di chiamare presso di se il signor.

VITO GIUSEPPE GRAVINA filho de Michele Gravina e de dona Pellegrini Maria, nascido em Polignano a Mare-Bari-Italia aos 27 de Outubro de 1923, Sua irmã PILOMENA GIANNUZZI GRAVINA, filha de Vito Michele Giannuzzi e de dona Simone Angela, nascida em Polignano a Mare-Bari-Italia aos 16 de março de 1927. Sua sobrinha MARIA GRAVINA di Vito Giuseppe Gravina con 2 anos de idade. Sua Sobrinha ANGELA GRAVINA di Vito Giuseppe Gravina com 7 meses de idade.

residente atualmente em Via Imbriani Nº9 -Polignano a Mare-Bari-Italia
residente attualmente a

O abaixo assinado garante ao chamado os necessarios meios de subsistencia e moradia.
Il sottoscritto garantisce al chiamato i necessari mezzi di sussistenza e allogio.

São Paulo, em 12 de Dezembro de 1952

F.to Pasquale Giannuzzi

Firma riconosciuta nel tabellião Carvalho Sobrinho
Cr$.4,30 marche da bollo oblite-rate.

Carta assinada pelo meu tio Pasquale Giannuzzi, em 12 de dezembro de 1952, mediante a qual foi possível a entrada da minha família no Brasil, na condição de imigrante permanente, em abril de 1953.

Figura 9 – Locais de origem das famílias Ogata e Tsukumi.

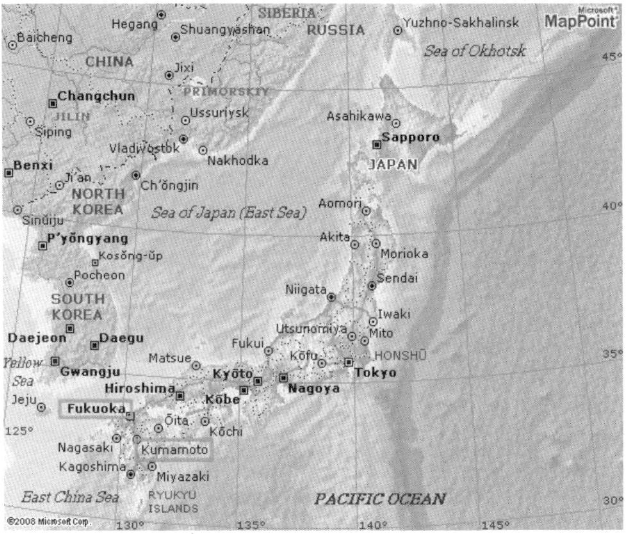

Localização das cidades de Fukuoka e Kumamoto, no sul do Japão[1].

---

1 Mapa disponível em: <https://www.google.com.br/search?biw=1366&bih=631&-tbm=isch&sa=1& ei=Y1pwW4XcN862abmQhogC&q=japan+map&oq=japan&gs_l=img.3.1. 0i67k1l3j0l3j0i67k1j0l3.847455.849521.0.852321.5.4.0.1.1.0.226.363.0j1j1.2.0....0...1c.1.64.img..2.3.371...0i10i67k1.0.qeBPF6141vk#imgrc=oQIblb4 kkl2X7M>. Acesso em: 16 ago. 2022.

Figura 10 - Compromisso de Trabalho de Vito Giuseppe Gravina.

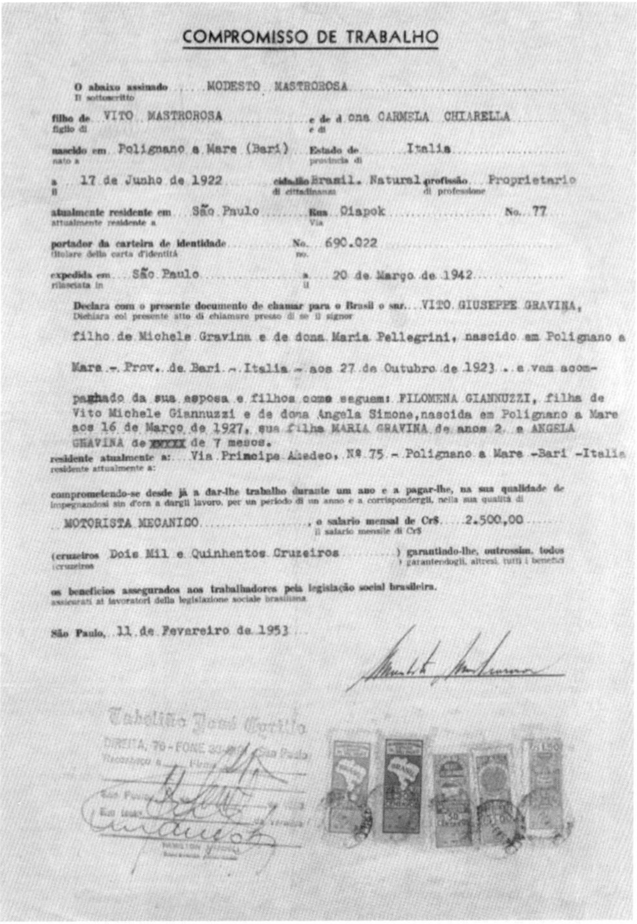

COMPROMISSO DE TRABALHO

O abaixo assinado / Il sottoscritto MODESTO MASTROROSA

filho de / figlio di VITO MASTROROSA e de / e di dona CARMELA CHIARELLA

nascido em / nato a Polignano a Mare (Bari) Estado de / provincia di Italia

a / il 17 de Junho de 1922 cidadão / di cittadinanza Brasil. Natural profissão / di professione Proprietario

atualmente residente em / attualmente residente a São Paulo Rua / Via Oiapok No. 77

portador da carteira de identidade / titolare della carta d'identità No. / no. 690.022

expedida em / rilasciata in São Paulo a / il 20 de Março de 1942

Declara com o presente documento de chamar para o Brasil o snr. / Dichiara col presente atto di chiamare presso di se il signor VITO GIUSEPPE GRAVINA, filho de Michele Gravina e de dona Maria Pellegrini, nascido em Polignano a Mare - Prov. de Bari - Italia - aos 27 de Outubro de 1923 . . e vem acompanhado da sua esposa e filhos como seguem: FILOMENA GIANNUZZI, filha de Vito Michele Giannuzzi e de dona Angela Simone, nascida em Polignano a Mare aos 16 de Março de 1927, sua filha MARIA GRAVINA de anos 2 e ANGELA GRAVINA de XXXXX de 7 meses.

residente atualmente a: / residente attualmente a: Via Principe Amedeo, Nº 75 - Polignano a Mare -Bari -Italia

comprometendo-se desde já a dar-lhe trabalho durante um ano e a pagar-lhe, na sua qualidade de / impegnandosi sin d'ora a dargli lavoro, per un periodo di un anno e a corrispondergli, nella sua qualità di MOTORISTA MECANICO, o salario mensal de Cr$ / il salario mensile di Cr$ 2.500,00

(cruzeiros / (cruzeiros Dois Mil e Quinhentos Cruzeiros) garantindo-lhe, outrossim, todos / garantendogli, altresì, tutti i benefici os beneficios assegurados aos trabalhadores pela legislação social brasileira. / assicurati ai lavoratori dalla legislazione sociale brasiliana

São Paulo, 11 de Fevereiro de 1953

Carta firmada pelo empregador, em 11 de fevereiro de 1953, mediante a qual meu pai foi chamado a trabalhar no Brasil.

Figura 11 – Atestado de Saúde de Vito Giuseppe Gravina.

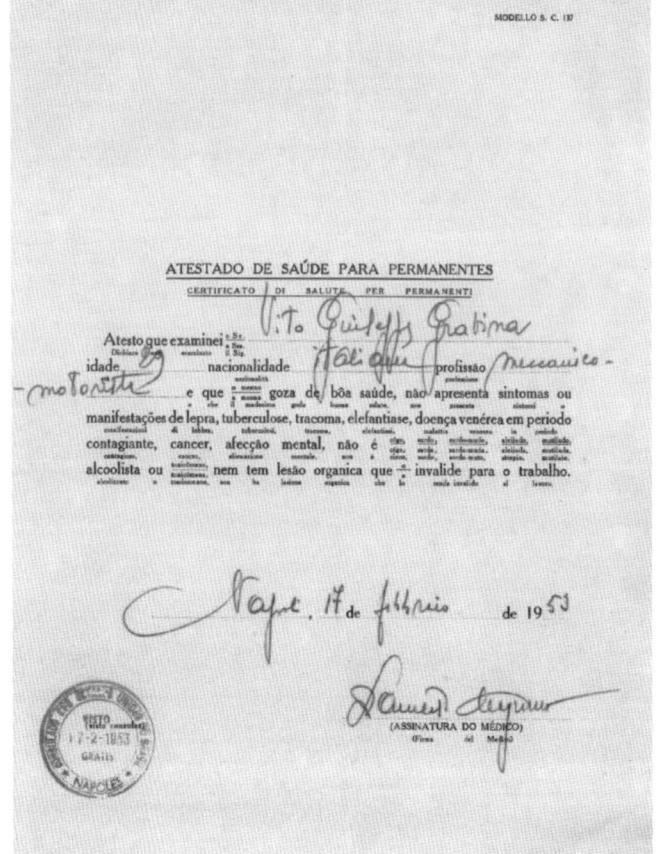

Documento médico visado pelo Consulado Brasileiro de Nápoles,
de 17 de fevereiro de 1953, atestando que meu pai estava apto a entrar no Brasil.

Figura 12 – Meus netos.

Meus netos Tiago, Leonardo, Ayumi e Bernardo, da esquerda para a direita.
Foto tirada cinco meses antes do nascimento da neta Maria.
Foto de Maria Gravina Ogata, julho de 2021

Figura 13 – A neta mais nova.

As duas Marias. Foto de Takayoshi Ogata, junho de 2022.

Maria apreciando os livros infantis escritos pela vovó.
Foto de Nara Gravina Ogata, agosto de 2022.

Figura 14 – Meu marido e os netos paulistas.

Os netos Bernardo, Ayumi e Maria com o vovô Takayoshi (Leo).
Foto de Nara Gravina Ogata, agosto de 2022.

Figura 15 – Meu marido e eu com os netos alagoanos.

Os netos Leonardo e Tiago com os avós Takayoshi e Maria.
Foto de Mayumi Gravina Ogata, setembro de 2022.

DEPOIMENTOS

A autora nos presenteia, através do relato da sua história familiar, com uma riqueza de detalhes que nos fazem perceber, de uma forma extremamente atrativa e instigante, as nuances, desafios e conquistas da imigração no Brasil e sua participação na expansão da fronteira agrícola desde o início do século XX.

A sua vivência, sonhos e sensações são generosamente compartilhados conosco, fazendo com que reflitamos sobre a importância da integração entre os povos. De quebra, a narrativa é contextualizada no cenário político e socioeconômico no Brasil e no mundo, com base em pesquisa fartamente evidenciada na bibliografia consultada.

Além disso, quem conhece Maria Gravina Ogata se encanta ao descobrir em cada linha o seu olhar sincero sobre o mundo e as pessoas, e o merecido destaque à educação, como ferramenta propulsora da melhoria de condições de vida do ser humano.

São muito interessantes as suas alusões ao contato entre culturas, inclusive com as expressões idiomáticas próprias, no próprio Brasil, ao ir morar na Bahia. O relato é uma mistura, na dose certa, da sua vida privada, problemas pessoais, desafios e conquistas, com fatos relevantes no contexto político e socioeconômico em que se deram.

Teresa Lúcia Muricy de Abreu

∞∞∞

Belíssima e rica contribuição literária da autora, amiga Maria Gravina Ogata, com desprendimento e detalhes autobiográficos, relatados de forma simples, verdadeira e emocionante, numa leitura leve e agradável, com exposição detalhada de sua própria experiência pessoal e de toda sua família, formada por pessoas de enorme garra e força de vontade. Um exemplo de vida para todas as gerações!

Trata-se também de interessante resgate histórico e cultural de difíceis momentos políticos e econômicos que passamos nas últimas décadas no Brasil (e que ainda estamos passando neste momento!), sempre analisados a partir da dura realidade daqueles que adotaram esta "pátria amada, mãe gentil" de origem japonesa e italiana, desde o início do século passado até os dias atuais. Aprendi muito sobre como o processo de imigração desses povos vem contribuindo com o desenvolvimento social, econômico e cultural do país e destaco a "pérola", citada em seu texto, que bem representa a essência das dificuldades, lutas e sonhos desses imigrantes, corajosos desbravadores de fronteiras:

O ser humano, diante de sentimentos de angústia e desesperança, busca sempre melhorar a sua vida, mesmo que isso implique em pagar com seu sangue, suor, lágrimas e, até mesmo, com a possibilidade de sua morte. No entanto, não se pode negar que, ao mesmo tempo, tudo isso se faz com a alegria de poder conduzir seu destino, de apostar alto no sonho de que existe algo melhor para se viver, em qualquer outro lugar do mundo. **(p. 212 deste livro)**

Emanuel Silveira Mendonça

Contatos

Site: mariagravina.com.br
E-mail: mgoconsult@yahoo.com.br

**Livro impresso pela Gráfica Paym
em novembro de 2022.**